名古屋駅西 喫茶ユトリロ

龍《とおる》くんは引っ張りだこ

太田忠司

ハルキ文庫

角川春樹事務所

目次

名古屋駅西 喫茶ユトリロ

龍《とおる》くんは引っ張りだこ

第1話

どて煮と見通せない将来

1

中国湖北省《こほくしょう》武漢市《ぶかんし》における病因不明の肺炎の事例がＷＨＯ中国事務所に通知されたのは二〇一九年の大晦日《おおみそか》、十二月三十一日のことだった。

年が明けて一月三日には武漢市内で四十四名の患者が報告されている。このときはまだ肺炎が何に原因するものか特定されておらず、人から人へ感染するものなのかどうかも明らかではなかった。それでも日本の厚生労働省健康局結核感染症課は一月六日に各都道府県や保健所、日本医師会などに対して注意喚起《かんき》を発した。

一月九日、ＷＨＯは中国から肺炎は新型のコロナウイルスによるものであるとの情報を受けた。

一月十三日、タイで武漢旅行歴のある感染者を検知。これが中国外では第一例目となった。

一月十六日、神奈川《かながわ》県内で国内第一例目となる感染者が見つかったことが発表された。

その後、日本国内での感染者は次第《しだい》に増加していき、三月一日で約二百五十例（うち死亡六例）だったのが三月十日には約五百例（うち死亡十二例）となった。その間、香港《ほんこん》から日本に向かった大型クルーズ船ダイヤモンド・プリンセス号内で感染者発生が確認され、横浜《よこはま》港に停泊して検疫《けんえき》が開始されるという事例も起きた。

そしてついに二月二十七日、首相は全国小中学校の一斉休校を要請《ようせい》。日本全体に大きな影響が及びはじめた。

ＷＨＯはこの新型コロナウイルス感染症を「ＣＯＶＩＤ－19」と命名。三月十一日には世界的大流行《パンデミック》に至ったとの見解を示した。

四月七日、政府は医療機関逼迫《ひっぱく》の回避等を目的として七都府県を対象に五月六日までの緊急事態宣言を発令し、四月十六日にはその対象を全都道府県に拡大した。

こうして、長い長い戦いが始まった。

学校から、職場から、店舗から、劇場から、人の姿が消えた。リモートで仕事が可能な者は自宅でキーボードを打ち、それができない者はただ家に引き籠《こ》もった。医療や物流などに携《たずさ》わるエッセンシャルワーカーたちだけが感染の危険に晒《さら》されながら働きつづけた。

それでもみんな、いつか終わると思っていた。この夏には、あるいは秋には、少なくとも年内には平常の状態に戻ると信じていた。信じたがっていた。

しかし感染が落ち着いたように見えて緊急事態宣言が終了すると、また感染者数が跳《は》ね上がった。そしてまた緊急事態が宣言される。この繰り返しだった。

ワクチンの開発と接種によって状況は好転するかに見えたが、感染力の強い変異株の出現により収束《しゅうそく》には至らなかった。感染した場合の治療法《ちりょう》が確立してきたこともあって重症者数は落ち着きつつあるものの、感染後に長引く後遺症の問題もあって、依然としてこの感染症は全人類に対する脅威《きょうい》であり続けている。

そんな状況の中、外食産業は特に甚大《じんだい》な影響を蒙《こうむ》った。第一回の緊急事態宣言後、全体の売上は前年比マイナス四十パーセントにまで落ち込んだ。もともと外食企業は損益分岐点売上高比率が高く、減収への耐性が低い業界である。つまり売上が少しでも減れば、そのまま存続の危機へと繫《つな》がる。収容客数の制限や営業時間の短縮は、文字どおり業界の首を絞《し》める結果となった。多くの店が耐《た》えきれず廃業し、なんとか持ちこたえた店も青息吐息の状態だった。

それでも二〇二二年に入る頃《ころ》には制限がいくらか緩和され、客足も戻りつつあった。少しずつではあったが、状況は良くなりつつある。今を乗り越えれば、きっと以前のようになる。みんな、そう信じていた。信じたがっていた。

「どうかねえ、外食業界はちったあ良おなってきたかねえ」

　松の内も過ぎた一月十一日、いつものコーヒーに今日だけ特別に添えられたぜんざいの餅《もち》を頰張《ほおば》りながら竹内匠《たけうちたくみ》が言う。

「うちの業界はまだまだだわ。あちこちで流通が滞《とどこお》って資材が手に入らんし、施主《せしゅ》がせっかく決まっとった家を建てるのを渋《しぶ》りはじめてまって、スケジュールがわやになってまった。こんなこと、今まで全然あれせんかったわ」

　建築会社を経営している彼にとっても、このコロナ禍《か》は結構な試練であるようだった。

「そら大変だねえ」

　竹内のコップに水を注《そそ》ぎながら、鏡味敦子《かがみあつこ》が応じた。

「うちはまあ、ぼちぼちだわね。もともと常連さんばっかだしね。皆さんコロナの時期もいつもどおり通ってくださったで、そんなに客足が減ったって実感はないわ。それでも、ふりの客は今でもほとんど来んようになったね。名古屋《なごや》駅の東側はだいぶ人通りが戻ったけど、こっち側はねえ」

「ほだな。駅西は寂《さび》しいまんまだわ。まあ、あっちこっちでリニア関係の工事しとるでかもしれんけど。ぜんざい、もう一杯もらえるかね」

「はいはい。なんぼでも食べてって。ぜんざいお替わりね」

　敦子が空になった器を引き下げ、店の奥に声をかける。すると夫の正直《まさなお》が鍋《なべ》にたっぷり作ってあるぜんざいをその器に無言で注ぎ入れた。

今日は鏡開きの日。年に一度、ここ喫茶ユトリロでは鏡餅を割り、客にぜんざいが振る舞われるのだった。

ユトリロは昭和二十四年（一九四九年）開店した、創業七十年を超える老舗《しにせ》の喫茶店《きっさてん》である。

店を切り盛りしているのは二代目店主の鏡味正直と敦子夫妻。創業者である鏡味稲造《いなぞう》はすでに他界しているが、妻の千代《ちよ》は百歳近くになった今もまだまだ壮健《そうけん》で、店にこそ顔を出さないものの今でも早朝から起き出してモーニングサービスに供するゆで玉子を茹《ゆ》でることを日課としている。

そしてこの店にはもうひとり、鏡味姓の者がいた。

「龍《とおる》ちゃん、ちょっとちょっと」

中二階へ向けて声をかけたのは、やはり店の常連である岡田美和子《おかだみわこ》。夫の栄一《えいいち》と共に毎朝やってきては、名古屋名物でもあるモーニングサービス――この店ではトーストとゆで玉子――付きのコーヒーを楽しんでいる。この夫婦、元は近くで精肉店を営《いとな》んでいたが、今は引退して悠々自適の暮らしをしていた。

その美和子が声をかけた相手は、中二階の手すりから顔を覗《のぞ》かせた。

「何でしょうか」

二十三歳という年齢のわりには幼《おさな》く見える青年だった。まだ高校生と言われても違和感はない。

彼が三人目の鏡味——鏡味龍。正直と敦子の孫で、名古屋大学に通うため東京から名古屋にやってきた。しかし今は休学中の身であった。

「この前言っとったバイトの話、どうかね？」

「ああ、その件ですね。ちょっと待ってください」

そう言うと彼は一旦《いったん》顔を引っ込め、一階へと下りてきた。

「考えたんですけど、それ、俺《おれ》にできるかどうか……ちょっと難しいかなって」

「大丈夫だて。あんたなら絶対やれるって」

「何の話？」

敦子が尋《たず》ねてきた。

「いやね、龍ちゃんにモデルさんやってもらおうと思ってね」

「モデル？　何の？」

「うちのひとが肉屋やっとったときのお弟子《でし》さんに頼まれたの」

「弟子じゃあれせん。従業員だて」

普段は無口な栄一が訂正《ていせい》を入れるが、美和子はそれを無視して、

「そのお弟子さん、今は弁天通《べんてんどおり》で『肉の片岡《かたおか》』って精肉店をやっとってね。もちろん肉も売っとるんだけど、お惣菜《そうざい》にも力を入れとるんだわ。コロッケとかメンチカツとか。そう

いうの、最近じゃコンビニでも売っとるけど、やっぱ肉屋のコロッケは味が違うってところを世間に広めたいって言っとるの。もうちょっと若いひとにアピールしたいみたいで、ネットに広告を打ちたいって言っとるんだわ。ホームページとかいうの？　そういうので」

「ホームページ。ああ、はいはい。iPadで見たことあるわ。それで？　龍にどんなモデルをさせたいんかね？」

「グルメリポートだったかね、そういうのをやってほしいって」

「グルメリポートって、テレビでお笑い芸人がやっとるやつかね？　どっかの店に行って料理とか食べて、美味《うま》い美味いとか騒いどるやつ」

「それだて。龍君に店のコロッケとか食べてもらって、グルメリポートしたのを動画に撮るって」

「まるでタレントさんみたいだわね」

「そこまでやるのは、さすがに素人《しろうと》じゃ難しいですよ」

龍が難色を示す。

「いっそテレビに取材してもらったほうがいいんじゃないですか。名古屋ローカルでそういうことをしてる番組があるでしょうし」

「それがね、店長さんがテレビ取材お断りにしとるんだわ。なんでも何年か前にそういう番組が取材にきたときに、やってきたテレビ局の人間がえらい横柄《おうへい》な態度を取ったとかでね、頭にきて途中で追い返したらしいの。だから宣伝も自前でやるって。テレビの力は借りんって」

「でも、なんで龍なのかね？」

敦子が当然の疑問を口にする。すると龍が、

「それが『DAGANE！』がらみなんだよ」

と困惑顔で答えた。

「だがね？」

「ほら、俺が関わってるWebマガジン」

「ああ、それもiPadで見せてもらったね」

「あそこで俺、ずっと名古屋めしの紹介コーナーをやってるでしょ。あれを見た片岡さんが気に入ったらしくて俺を起用したいって」

「見込まれたんかね。すごいねえ」

敦子は素直に感心する。

「龍君もすっかり有名人だわな」

傍《そば》で聞いていた竹内も言う。

「そろそろテレビに出て、女優と浮名を流すかもしれんなあ」

「そんなことあるわけないですよ」

　龍は苦笑する。

「とにかくね、片岡さんは俺を使って宣伝動画を作りたいって。それをYouTubeに載《の》せて、自分のところのホームページでも見られるようにしたいって」

「それ、ユーチューバーってやつかね？　龍がユーチューバーになるんかね？」

「違うよばあちゃん、自分で動画を作ってYouTubeにアップするのがユーチューバー。俺はただ出るだけ」

「そう、龍ちゃんは出るだけ。出てくれるね？」

「いや、それは――」

「四の五の言わんで、男らしく引き受けやあ。今あんた、暇《ひま》なんでしょ？」

「うっ……」

　それを言われると反論できない龍だった。

「気晴らしにもなるで、やってみやあ。何事も経験だて」

　そう言って美和子は渋る龍の肩を叩《たた》く。

「痛っ……いや、どうするか今、相談してたところなんですよ」

「相談？　誰《だれ》に？」

　敦子が尋ねたとき、中二階からひとり、スーツ姿の男性が下りてきた。

「あれ、紳士《しんし》さん」

「龍君に相談を受けておりました」

紳士さん――常連のひとりである彼のことを、皆はそう呼んでいる――は静かに言った。そして龍のほうを向いて、

「自分がやりたいことは何なのかわからない、と君は言った。でもそれは当たり前のことだと思います。自分が何をすべきかわかっている人間なんて、じつはとても少ない。みんなするべきことを探しながら、でも見つけられないまま生きているんです」

「そのとおりだわ」

同意したのは竹内だった。

「俺も今は建築屋やっとるけど、若いときは何がしたいかわからんで、うろうろしとった。この仕事を始めたのも偶然だけど、今になってやっと、これが生業《なりわい》なんだなと納得するようになった。若いときは迷って当然だわ」

「竹内さんの仰《おっしゃ》るとおりです。だから龍君」

紳士さんは言った。

「好きなだけ迷えばいい。迷うのは辛《つら》いかもしれないが、その辛さも含めて人生の糧《かて》です。役に立たない経験はない、と私は思いますよ」

龍は紳士さんに何か言おうとした。しかし言葉にならなくて口籠もる。ただ頭を下げる

ことしかできなかった。

　それを見て、美和子は笑った。

「よし、じゃあ経験しようかね。グルメリポーターの経験」

2

　名古屋市西《にし》区、名古屋城の北西側に位置する浄心《じょうしん》交差点から東に延びる通りを弁天通と呼ぶ。

　通りの北側にある宗像《むなかた》神社の祭神である宗像三女神のひとり市杵《いちき》島姫《しまひめ》神が神仏習合により弁才天《べんざいてん》と同神とされていたことから、そのように呼ばれるようになったという。

　昭和の初め、近くの撚糸《ねんし》工場に勤《つと》める工員や女性従業員のために商店が並びはじめた。昭和二十年（一九四五年）三月から五月にかけての名古屋大空襲でこの一帯も焼け野原となってしまったが、戦後はバラックが建ち、後にそれが弁天通商店街へと発展した。

　その商店街の東の端あたりに「肉の片岡」はあった。一見、精肉店というより洒落《しゃれ》た喫茶店のような店構えである。

　龍がその店の前に立ったのは、一月十三日のことだった。

「いらっしゃいませ」

自動ドアが開いて足を踏《ふ》み入れると、即座に元気な声がかかった。店内は明るく、壁には古い映画のポスターが三枚、掲《かか》げられている。ガラス製のショーケースも洋菓子店ののものように洒落ていた。

ショーケースの奥に白い三角巾《さんかくきん》を被《かぶ》った丸顔の女性が微笑《ほほえ》んでいた。

「あの、岡田さんに言われて来ました、鏡味といいますけど」

おずおずと自己紹介すると、

「ああ、鏡味さんね。ちょっと待ってて。今、主人を呼びますから」

女性は一度店の奥に引っ込む。そしてすぐ白いコック帽を被った男性を連れてきた。五十歳前後だろうか。身に着けている服も白い。顔の下半分を覆《おお》うマスクももちろん白。肉屋というよりシェフかパティシエといった趣《おもむき》だった。

「どうも。私が店主の片岡です。こっちは妻の芳子《よしこ》です。今日はよろしく」

「よろしくね」

女性が笑顔で挨拶《あいさつ》してくれた。

「岡田さんには肉屋の仕事を一から教えてもらいましてね。私にとっては師匠《ししょう》なんですよ」

片岡は言う。

「ほんと、足を向けて寝られない。この店を始めて四年くらいなんですけど、今でも岡田さんの教えを守ってやってます。顧客第一。そして肉屋は肉の食べかたを広める伝道師」

「伝道師、ですか」

「そう。岡田さんはまだ肉屋の惣菜がコロッケとかハムカツくらいしかなかった時代から奥さんの作ったローストビーフを店に出しててね、それをお客さんに試食させたりして広めていったんですよ。その点では名古屋でもパイオニアだったんじゃないかな」

それは知らなかった。そもそも岡田夫妻が現役で精肉店を経営していた頃のことを龍は知らない。知っているのはユトリロでモーニングサービスを楽しみながら夫婦でお喋《しゃべ》り――といっても美和子が一方的に喋っているだけだが――をしている姿だけだった。じつはすごいひとたちだったのかも、と彼は認識を新たにした。

「私も岡田さんに倣《なら》って惣菜に力を入れてます。ローストビーフも奥さん直伝なんですよ」

片岡が示したショーケースにはスライスされた肉が陳列されている。外側に焼き色が付いて、中は程よいピンク色。見るからに美味そうなコントラストだった。龍は思わず見とれてしまう。

「いいですね、その眼《め》」

「え?」

「岡田さんが推薦《すいせん》したとおりだ。美味《おい》しそうなものを前にすると、とてもいい顔付きになる。マスクをしていても表情がわかります」

　龍は慌てて自分の頬に手を当てた。そんなにあからさまに顔に出ていたのか。

「ローストビーフも食べていただきますから楽しみにしててください。今日はそういう仕事をしてもらいますので」

「ホームページに載せる動画を撮影すると聞きましたけど、俺はただ食べればいいんですか」

「そのへんについては、息子が来てから話しましょう」

「息子さん？」

　龍が問い返したとき、店の自動ドアが開いて黒いバッグを抱えた男性がひとり入ってきた。

「おう、来たか」

　片岡が声をかけると、彼は少し面倒臭そうな眼付きで、かすかに頷《うなず》く。二十歳《はたち》前後、龍より年下に見える。長身で瘦《や》せていた。少し猫背。長く伸ばした髪を頭の後ろで束《たば》ねていた。オリーブ色のフライトジャケットを着込んで黒いタクティカルブーツを履《は》いている。顔の下半分を覆っているグレイのマスクにもミリタリーエンブレムのようなマークが入っていた。

「息子の宏太《こうた》です。宏太、こちらは鏡味……」

「龍です」

「ああそう、龍さん。今日お願いしたひとだ」

宏太と紹介された青年は龍のほうを見て、やはりぶっきらぼうに小さく会釈《えしゃく》した。龍も頭を下げる。

「こいつ、映画の専門学校に行ってるんです」

「映画じゃない。動画」

片岡の紹介に宏太がすかさず訂正を入れる。

「どっちも映像だろ」

「違うよ。全然違うって」

「そうか。まあいい。とにかく今日は、よろしく頼む」

宏太は返事をせず、床に置いたバッグを開いた。中から一眼レフカメラと三脚が出てきた。

どうやら彼がひとりで今回の撮影を担当するようだ。

「このカメラ、こいつがバイト代を貯《た》めてやっと買ったんですよ」

自慢するように片岡が言った。

「映画を撮りたいのなら買ってやるって言ったのに、自分の稼《かせ》いだ金で買うからいいってね。強情なんだ」

「んなこと、いちいち言わなくていいじゃん」

嫌そうな声音で父親に言い返すと、宏太は同じくバッグから取り出した紙の束を龍に差し出した。

「これ、読んで」

「は？」

「今日の台本」

見るとシナリオ形式で文字がびっしりとプリントされている。

「俺、こんなに台詞《せりふ》喋るんですか。これドラマですか」

「書いてあるとおりに喋らなくていいから。食レポの部分は任せる」

「でも、味の説明とか、ぎっちり書いてあるけど」

「だから、これは流れ。好き勝手にやって」

「はあ……」

「親父《おやじ》もおふくろも、これ」

宏太は片岡にも同じ紙の束を渡す。

「俺も台詞あるのか」

「当然」

「まいったな……」

片岡は困惑している。

「別にいいよ。自由に喋ってくれて」

宏太は父親にも同じようなことを言う。

「わたしも何か喋っていいの?」

芳子のほうは眼を輝かしていた。

「自由にどうぞ」

宏太は母親にも同じ言葉を繰り返した。

「自由って言われてもなあ」

片岡はコック帽越しに頭を掻《か》く。

龍も何となく釈然としないものを感じつつ、台本なるものを読みはじめた。

○店の外
弁天通の情景から店のドアにパン。リポーターが立っている。

リ「こんにちは。今日は名古屋市西区城西《じょうさい》、弁天通商店街にある『肉の片岡』さんにお邪魔します」

ドアを開け、店内に入る。

○店内
　ショーケースの前に店主が立っている。
店主「こんにちは。『肉の片岡』は二〇一八年創業の若い店ですが、クオリティと鮮度にこだわった肉と、その肉を使用した惣菜でお客様から支持をいただいております」

「こんなこと俺、喋るんか」

片岡が悲鳴のような声をあげた。

「『支持をいただいております』なんて言いかた、生まれてこの方したことないぞ」

「だから、適当にアレンジしていいんだって」

宏太が苛立《いらだ》たしげに言い返した。

「言いたいように言ってよ。親父の店の宣伝なんだしさ」

「言いたいようにって言われても、なあ。どうします？」

片岡は龍に視線を向けてきた。

「まあ、なんとか」

何が「なんとか」なのか自分でもわからないまま、龍はそう応じた。

「親父、俺にはよく言ってたじゃん。『おまえの人生なんだから好きなことやれ』って」

宏太はカメラに三脚を取り付けながら言った。

「だから、親父も好きにやればいいんだ」

片岡が一瞬、体を強張《こわば》らせたように見えた。

「いいじゃない」

芳子がうきうきした様子で言う。

「なんか、楽しくなってきちゃった」

宏太は知らん顔で三脚のセッティングを続け、カメラのディスプレイを覗き、

「親父、もう少し右」

と指示する。

「あ、ああ」

片岡が言われるまま立ち位置を変えると、宏太はＬＥＤライトをドア側に置かれたワゴンに取り付けて間接的に父親を照らす。

「ああ、なるほど」

彼の背後からディスプレイを覗き込んでいた龍は声を洩《も》らした。

「そうやって光を足すと顔が立体的に映りますね。すごいな」

宏太は龍のほうをちらりと見て、

「基本」

とだけ言った。

「親父、二ページ目の台詞、言ってみて」

「二ページ?」

片岡は台本を捲《めく》る。

「あ、ああこれか。えっと……肉の片岡は、にしぇん……にせんじゅうはちねん創業の店で、こだわった肉と惣菜でおきゃ……おきゃくしゃまから支持をいただいてます。駄目だ。噛《か》んでまう」

「別にいいんじゃない? 素人っぽくって」

「素人なんだから当たり前だろうが。もう一度やらせてくれ」

「何度でもいいよ」

結局四テイク目でOK、というより片岡自身が「もうこれでいい」と音を上げた。

続いて芳子が扱っている肉について説明する。

「お肉も愛知《あいち》県産のものにこだわって仕入れております。えっと……知多《ちた》牛に……みかわ牛。どれも美味しいですよ」

こちらは三テイク目でOKとなった。

「じゃあ次は一ページ目のシーン、店の外で撮るから」

宏太はカメラを三脚から外す。彼と一緒に外に出た龍は自動ドアが開かないぎりぎりの場所に立ってカメラを見つめた。

「スタート」

カメラを構えた宏太が声をかける。

「こんにちは。今日は名古屋市西区城西、弁天通商店街にある『肉の片岡』さんにお邪魔します」

そう言って自動ドアを開け、店内に入る。その後どうしていいかわからず、ショーケースぎりぎりまで近付いて立ち止まった。

「……これでいいですか」

宏太は返事をする代わりに撮った動画を再生して、しばらく沈黙した後に言った。

「おたく、プロ？」

「え？」

「テレビとか出てる？　それとも演劇やってるとか」

「いいえ、全然」

「そっか」

何かに納得したように頷くと、

「次は惣菜を作るシーンを撮ろう。親父、用意して」

父親に指示した。

「おう」

本来の仕事に元気を取り戻した様子の片岡が店の奥の調理場に入っていく。宏太もカメラを持って中に入っていった。

それからしばらくの間、龍は放《ほう》っておかれた。

油の跳ねる音や匂《にお》いで揚《あ》げ物を作っているのだと想像できるが、それ以外に味噌《みそ》の薫《かお》りもする。味噌カツかな。名古屋の肉屋では味噌カツも売っているのだろうか。スーパーの惣菜コーナーには当たり前に味噌カツ弁当などが並んでいるのだけど。そういえば肉しか売ってない店に入ったのって、これが初めてだな……などと、ぼんやりと考える。

自動ドアの向こうには車が行き交《か》う道路が見える。人も歩いていた。ありきたりな日中の風景だった。

「……どうしてこんなことしてるのかな、俺」

龍は呟《つぶや》く。

「はい？」

芳子に聞き返された。

「あ……なんでもないです」

うっかり自分ひとりのつもりでいた龍は赤面する。大学を休学してぶらぶらしている自分の立場にげんなりしていたなんて言えない。

「あの……すごいですね息子さん、映像の勉強をされてて」

話を逸《そ》らすために話題を振ってみた。

「まだまだ、海のものとも山のものともわかりませんけどね」

芳子は微笑んだ。

「この仕事もプロのひとに頼むと高くつくからって、無理やり宏太にやらせてるんですよ。まあ、あの子も小遣いにはなるからって受けてくれたんだけど。でも正直、宏太が引き受けてくれるとは思ってなかったです」

「そうなんですか」

「だって父親にはいつも反発してますから。まあ、主人も好き嫌いが激しいひとだから。わたしともね、店に置く商品のことから食べ物の好みまで、しょっちゅう言い合いしてるんですよ」

「はあ……」

家庭内のことを明かされても、どう反応したらいいのかわからず、龍は曖昧《あいまい》に返事をする。なんとも気まずい。

「一途《いちず》なのはいいんですけど、もう少し他《ほか》のひとのことも考えてくれたらなって。この店に並べてるお惣菜だって、全部自分の好きなものばかりですから。ほら、ここ肉屋なのに豚肉置いてないでしょ。主人がね、うちは牛肉一本で行くって決めてるんです。お客さんが豚肉買いにきても売ってないからって帰ってっちゃうのが寂しくて。でもそんなこと言ってても聞いてくれなくてねえ。それでよく喧嘩《けんか》しました」

「そう、ですか」

相槌《あいづち》を打つのもいささか苦しくなってきたとき、

「はい、お待ちどおさま」

片岡と宏太が戻ってきた。

「まずはこれを食べてもらいましょう」

差し出されたのは白い皿に盛られたローストビーフだった。茶色いソースがかかってい
る。

「わあ」

「タマネギと醤油《しょうゆ》で作ったローストビーフ専用のソースです。これも手作りです」

先程までの気まずさが一気に吹き飛ぶ。その表情の変化を宏太がカメラに収めた。

「いただいていいですか」

「どうぞどうぞ」

許しが出たのでマスクを外し、添えられたフォークでローストビーフを口に運ぶ。

「……ああ、これ、美味しい」

台本ではどう美味しいのか表現するように指示されていたが、言葉にするのは難しい。

「……えっと、肉の柔らかいところと表面のこんがり炙《あぶ》ったところの感じ……感じ？　コ

ントラスト、かな？　それがとてもいいです。ソースもタマネギの甘味が醤油の角をうまく取ってて、とてもまろやかですね」

一生懸命、言葉を絞り出す。ちらりと片岡のほうを見た。にこやかに聞いていてくれる。どうやら見当違いなことは言わなかったようだ。

宏太は無言でカメラのディスプレイを見つめていたが、

「……ＯＫ。次」

出てきたのは小判型のコロッケだった。

「知多牛をたっぷり入れたコロッケです」

「知多牛って愛知県の知多半島で育てられた和牛でしたよね」

「よくご存知で。肉質がとても柔らかくて、上質な旨味《うまみ》が特長なんです」

「いいですね」

さっそく手を伸ばそうとしたところを、

「ちょっと待って」

宏太に制される。

「まずコロッケをふたつに割って中を見せて」

グルメ番組でよくやってるやつだな、と龍は理解したつもりでコロッケを手に取る。しかし簡単にはいかなかった。

「熱っ！」

揚げたてを手に持つだけでも結構大変だった。しかし冷めてしまったら湯気が映らないので意味がない。熱さを堪《こら》えながらいくつか割ってみせる。ＯＫが出る頃には龍の指先は火傷《やけど》寸前になっていた。しかもこんなにいい匂いがしてるのに、まだ食べさせてもらえない。なかなかハードな撮影だ、と今更《いまさら》ながら思った。

「じゃ、次はコロッケ食べて。がぶっと」

やっと指示が出た。割っていないものをまた手づかみして、がっ、と頰張る。

「……ああ、美味しい」

またまた頰が緩んだ。カリッと揚がった衣の中のじゃがいもはほくほくしていて甘味があり、後から牛挽《ひ》き肉の旨味が追いかけてきた。これは絶妙のバランスだ。

そういう感想を口にできたのは、コロッケ一個を完食し終えてからだった。

「嬉《うれ》しいですねえ」

片岡はにこにこしている。

「本当にいい食べっぷりだ。惚《ほ》れ惚《ぼ》れする」

宏太もリテイクの指示は出さなかった。

続けてメンチカツの試食シーン。肉汁溢《あふ》れるメンチはやはり知多牛を使用したものだそうで、嚙みごたえを保ちつつも極限まで柔らかくまとめたメンチの食感はいつまでも味わっていたいと思わせるものだった。

いい仕事だ、と龍は思った。美味しいものを食べてバイト代がもらえる、なんていい仕事だろう。自然とまた頬が緩む。

その様子を宏太は黙々と撮影しつづけた。

「最後にはこれを」

そう言って片岡が差し出してきたのは、小鉢に盛られた焦げ茶色の煮物だった。先程から鼻腔《びこう》を刺激していた味噌の匂いの正体は、これらしい。

「これって、どて煮ですか」

「そう。名古屋名物のひとつです」

「ああ、なるほど……」

龍はまじまじと小鉢を見つめた。

「どうかしました？　もしかして、どて煮、苦手ですか」

「あ、いえ、そういうことはないんですけど……じつは、内臓系がちょっとだけ」

「ああ、それなら大丈夫。どて煮というとモツを使う場合もありますが、うちでは牛すじ肉だけを豆味噌でじっくり煮込んでいますから」

「牛すじですか。だったら好物です」

片岡とやりとりしている間、宏太は湯気の立つどて煮を撮影していたが、

「いいよ、食べて」

と、指示を出した。

「いただきます」

箸《はし》を手に取り、味噌が染み込んだ牛すじ肉を口へと運んだ。とたんに味噌の香りと甘じょっぱい味が口の中に広がる。時間をかけて煮込んでいるらしい牛すじ肉は適度な嚙みごたえがあって、肉の味わいも味噌に負けていなかった。

「これは……美味いです」

たまらず次の一口。

「……おお」

味噌の滋味《じみ》と肉の旨味に、ただ感嘆《かんたん》の声が洩れる。

「今まで食べたどて煮の中で、一番かも」

「ありがとうございます。うちでは味噌はもちろん岡崎《おかざき》の八丁味噌を使ってますし、甘味も砂糖を使わず碧南《へきなん》の本みりんだけで付けてます。他のどて煮とは違いがすぐわかると思いますよ」

片岡は自信たっぷりに説明する。

「なるほどなるほど」

龍は頷きながら、また次の一口。

「……ん？」

嚙みながら少し首を傾《かし》げる。

「どうしました？」

片岡が怪訝《けげん》そうに尋ねる。

「いえ……ん？」

口の中のものを嚙みながら、箸の先で小鉢の中を探る。

「これ……これもすじ肉ですか」

みんな味噌が染み込んで茶色になっているからわかりにくいが、すじ肉にしては薄い。口に入れてみると最初に食べた肉に比べて弾力が強かった。これは……。

「ちょっと待ってよ」

片岡が龍の持っている小鉢を覗き込み、その中のひとつを指でつまんで口に放り込んだ。嚙みしめているうちに、その表情が変わる。

「……これ、モツだ。多分、豚のモツ」

「ですよね」

「でも、そんな馬鹿な」

片岡は店の奥に走っていく。龍もついていった。

店舗に隣接している厨房《ちゅうぼう》、そのコンロの上に大きな鍋が置かれている。中にはどて煮がたっぷり煮込まれていた。

片岡はその中に玉杓子《たまじゃくし》を入れ、どて煮をすくい取って睨《にら》みつける。

「馬鹿な……どうして……」

彼の表情が歪《ゆが》んだ。

「どうしたんですか」

龍が尋ねると、片岡は首を振りながら、

「わけがわからない。私は牛すじ肉を煮込んだんだ。混じりっ気なし百パーセント牛すじ肉だけを。なのにこの鍋には豚モツが混じっている」

「うっかり間違えて入れちゃったとか」

「そんなこと！　あ、いや」

思わず声をあげかけ、彼は自制した。

「あり得ないですよ。だって最初から最後まで私が作ったものなんですよ。牛すじ肉しか使わなかったことを自分が一番よく知ってます。それにそもそも、この店では豚肉を扱ってないんですから。間違えて紛《まぎ》れ込ませることも不可能です」

「それは奇妙ですね」

「奇妙どころか、理解できません」

片岡は唖然《あぜん》としている。龍はその様子を見て、どうしていいのかわからなくなった。

「……あの、どうします?」

カメラを構えたままの宏太に問いかけた。

「ちょっとおかしなことになってますけど、このまま続けます?」

宏太はカメラから視線を外した。

「一旦止めようか。今まで撮った分だけでも形にはできそうだし。いいだろ?」

と、父親に尋ねる。

「……納得できん。なんなんだ、これは。どうしてこんなことに……」

片岡はショックから抜けきれていないようだった。

「たしかに不思議な話ですけど、でも不味《まず》くはないですよ」

龍は持っていた小鉢からまたモツを箸でつまんで口に入れる。

「……うん、モツが苦手な僕でも美味しく食べられます。これだけじっくり煮込まれてると大丈夫ですね」

「そういう問題じゃないんですよ」

片岡は苛立たしそうに、

「なんで入れてもいないモツが入っているのか、そこが理解できないって言うんです」

「そう、ですね。仰るとおりです」

龍は恐縮する。

「おい、まさかおまえがモツを混ぜたのか」

片岡が芳子に詰問した。

「そんなこと、するわけないでしょ」

心外そうに妻が言い返す。しかし彼は疑わしそうに、

「おまえ、前々からうちで豚肉も扱えって言ってただろ。だから――」

「だからって、黙ってこんなことするわけないでしょ！　やるなら正々堂々と豚モツのどて煮を作ってるわよ！」

芳子もいきり立つ。

「だいたいあんたの牛肉至上主義がこの店の売上を落としてるんですからね。豚肉だって店に置けばいいじゃない」

「またその話か。俺は牛肉だけで勝負したいんだよ！　まだわからんのか！」

「あ、待ってください。ここで諍《いさか》いは……」

龍は慌てて間に入った。他人がいることを思い出したのか、片岡も芳子も言い合いをやめた。

「あの、モツが入っている以外に、このどて煮に何か変わったところはありませんか。味が変わってるとか」

龍がおずおずと尋ねると、

「味？」

片岡はすじ肉を口に入れ、ゆっくりと咀嚼《そしゃく》する。

「……いや、何もおかしくない。私が作った味です」

「そうですか。だとしたら……」

「だとしたら？　何かわかったんですか」

「あ、いえ、俺の思い過ごしです。ごめんなさい」

龍は謝った。

「それで、これからどうします？　宏太さんが言うとおり、これで取り止めにします？」

「……しかたないです。一からどて煮を作り直すとしても一日仕事になってしまう。今日はもう無理だ。撮影はこれで終わりにします」

「わかった」

答えたのは宏太だった。カメラの電源を切り、レンズにキャップを被せる。

「なんなら、どて煮だけは後撮りとかしてもいいけど、鏡味さんの食レポは撮ってある分だけでまとめていいかな？」

「……しかたない。そうしてくれ」

そう言ってから、片岡は力なく首を振った。

「やっぱり、わけがわからん……」

龍はそんな片岡をちらりと見てから、宏太に眼を向けた。彼もこちらを見ていた。探るような目付きだった。思わず視線を逸らした。

3

「どて煮かあ。わしの好物だわ」

喫茶ユトリロ一階の一番奥の席を定席とする榊原清治《さかきばらせいじ》が相好《そうごう》を崩した。

「ビールにどて煮、これだけあれば他は何にも要らん。ま、他に枝豆とかあってもええけどよ。それとシシャモの焼いたのとか串《くし》カツとか」

「全然『これだけあれば』でないがね」

敦子に突っ込まれ、榊原は「まあな」と笑う。

「わしはモツのどて煮がええな。コンニャクとか入っとって、ネギの刻《きざ》んだのを載せて、そこにちょっとだけ七味を振ってよ」

「ええねえ」

竹内が同意する。

「俺もどて煮は好きだわ。すじ肉のほうがええかな。自分では作らんけど」

「うちは両方入れるで」

と、岡田美和子が口を挟む。

「モツもすじ肉もコンニャクもダイコンも、それからゆで玉子も入れるわ。前の晩からじっくりぐつぐつ煮込んで、味がよお染みたのをいただくの。美味しいに」

「そんなに入れたら、どて煮というより味噌おでんだがね」

敦子が言うと、

「違うて。味噌おでんのときにははんぺんも厚揚げも入れなかんから違うんだて」

美和子は言い返す。そしてこの話題を投じた主に言った。

「龍ちゃん、それでバイトのほうはちゃんとできた？　お金もらえたかね？」

「あ、はい。帰りに片岡さんからいただきました。撮影を完全に終わらせられなかったんですけど、それでも全額」

牛すじのどて煮にいつの間にか豚モツが紛れ込んでいたという話をしたのだが、ユトリロの客たちは不思議がる様子もなく「なんかの間違いがあったんかね」の一言で済ませてしまった。

「そりゃよかった。まあ、信用のできるひとだで取りっぱぐれはないと思っとったけどね」

美和子も謎《なぞ》より報酬《ほうしゅう》のほうが気になっていたようだ。

「当たり前だわ」

栄一が言う。

「あいつの正直さは、あいつの舌と同じくらい間違いない」

「たしかに、片岡さんの舌はすごかったね。コロッケのちょっとした味の違いもわかって、業者がじゃがいもをいつもと違うところのを入れてきたの、いっぺんで見破ったりしとったもん」

「すごいですね、それ」

龍は感心する。

「すごいよ、ほんと。だで惣菜の味付けは全部片岡さんに任せとったんだわ」

「じゃあ『肉の片岡』の惣菜の味は岡田さんのお店の味なんですね」

「いや」

栄一が否定する。

「あいつは自分で店を始めるときに味付けを一から見直して、独自のもんにした。俺のとは違う」

「岡田精肉店のメンチカツやコロッケの味、ときどき懐《なつ》かしなるねえ」

敦子が言った。

「うちでもよお昼によばれとったもんねえ。昭光《あきみつ》も宣隆《のぶたか》も好物だったわ」

「懐かしいねえ。ふたりとも小さい頃からうちの店によお来とって、学校帰りとかに小遣いでコロッケ買ってくれとったわ」

美和子が眼を細める。

「そういえば最近、宣隆ちゃん見んけど、どうしたの？」

「ああ、あの子は出てったわ。やっと独立」

「まあ。結婚でもしたかね？」

「まさか。でも仕事が順調にいっとるで、やっと本気で自立するつもりになったみたいでね」

「仕事って、物真似《ものまね》芸人さんかね？　なんとかジョブスの」

「あれは金にならんみたいだよ。相変わらず坊主頭に無精髭《ぶしようひげ》生《は》やして伊達眼鏡《だてめがね》かけとるけどね。それじゃのおて食品開発とか言っとったわ。前にあんたにも渡しとったでしょ、台湾《たいわん》ミンチとかいうの」

「ああ、あの辛いやつ。美味しかったわ」

「あれがそこそこ売れとるみたいで、他にもいろいろ手広くやっとるみたいだわ。ゲームを作るとか言っとったのに、いつの間にやら食べもん屋みたいになっとるの」

「ゲームもまだやってるよ」

龍が付け加える。

「『アルカイック・サーガ』結構受けてるみたい」

龍の叔父《おじ》にあたる鏡味宣隆が仲間と開発した「アルカイック・サーガ」は戦略シミュレーションゲームだが、戦闘糧食《レーション》の素材確保と調理が大きな眼目になっていて、リアルな調理動画なども取り込まれている凝《こ》りようから「飯テロゲーム」と呼ばれているらしい。龍自身はほとんどプレイしたことがないのだが。

「そうそう、龍、宣隆があんたに話があるって言っとったよ」

「叔父さんが？　何の話？」

「知らん。なんか頼みたいことがあるでって」

「龍ちゃんはあっちこっちから引っ張りだこだねえ」

美和子が言う。

「いっそ何でも屋を開いたらええがね。みんなの頼みを聞いてやって」

「そんなに器用な人間じゃないですよ」

龍はやんわりと拒絶する。

「それに俺、休学中の身だし」

「だからだがね。一日中ぼーっとしとるわけにもいかんでしょ。なんかやらんと」

「まあまあ、それくらいにしといたって」

敦子が割って入った。

「龍、これを中二階に持ってって」

渡されたのはトレイに載った玉子サンドとレモンティー。龍はそれを手に階段を上る。

中二階にいる客はひとりだけ。この店ではめったに見かけない、若い女性だった。白いゆったりめのニットにスキニーのデニムを合わせている。口元はマスクで隠れているが、目許《めもと》はしっかりとメイクしていて、睫毛《まつげ》も長い。名古屋駅周辺では見かけることがあっても、喫茶ユトリロのいつもの客層とはいささか異なっていた。

「お待たせしました」

テーブルにサンドイッチと紅茶のカップを置くと、

「ありがとうございます。あの、ちょっといいですか」

と、客に声をかけられた。

「一緒に写真撮らせてもらっていいですか」

「え？」

「インスタにあげたいんで。いいですか」

「えっと……はい」

断る理由もなかったので頷く。

「ありがとうございます。じゃ、ここに座ってください」

と、女性は自分の隣の席に置いていた「ＬＯＥＷＥ」というロゴが覗く黒いコートを向かい側に置き換える。言われたとおりに座ると彼女はマスクを外して玉子サンドの皿を顔の近くに持っていき、龍に身を寄せた。いきなりの行動に龍はどぎまぎする。

「スマホのほうを見てください。あ、マスク取ってもらっていいですか」

「あ、いや、それはさすがにまずいかと」

「そうですか。じゃあマスクのままでいいです。撮りまーす」

　連写の音がする。

「ありがとうございました」

　女性はにっこりと微笑むと、今度は玉子サンドの皿をテーブルに置いて写真を撮りだす。龍は少し興味をひかれて、その様子を観《み》ていた。スマホの角度や向きを変えていくつも撮影した後、やっと玉子サンドを手に取る。

「わあ、このスクランブルエッグ、パンからこぼれそうでこぼれない。絶妙ですね」

　そうコメントすると、一口。

「……うん、ふわふわ。玉子の火の入り加減が最高です。ほのかにバターの香りもして、すごく美味しい」

　龍は思わず背後に眼をやる。もしかしてこれ、どこかで動画を撮ってたりするんじゃないかと思ったのだ。しかしどうやら、彼女のひとりグルメレポートらしい。

「この玉子サンド、どうやって作ってるんですか」

「どうやってって……スクランブルエッグを作ってからしとマヨネーズを塗《ぬ》ったパンに挟

んだだけだと思いますけど。じいちゃんがいつもそうやって作ってるから」

「なるほどなるほど。熟練の技なんですね」

彼女は勝手に感心して頷いている。

「あなたはマスターのお孫さんなんですね。この技を継《つ》ぐつもりで修業しているんですか」

「そういうのは……ないです。俺はただ、手伝ってるだけで……」

そう弁解しながら、龍はふと自分の中に小さなわだかまりがあることに気付く。だがそれが何なのか、自分にも説明しづらい。

「どうかしました？」

「……あ、いえ、なんでもありません。ごゆっくりどうぞ」

龍は慌てて一礼し、一階に降りる。

「聞こえとったよ」

美和子に言われた。

「龍ちゃん、本当に店を継ぐつもりはないんかね？」

「それは――」

「それはあり得んて」

即座に敦子が否定する。

「こんな店継いだって、先が見えとるでしょ。若い者に継がせるほどのものじゃないで」

「こんな店って、あんたのご両親が作ってあんたたち夫婦が一生懸命盛り上げてきたお店でしょ。本当に途絶《とだ》えてもええんかね?」

「しかたないて。この駅西もこの先どうなるかわからんし、リニアの駅が出来て様子がまるで変わってまったら、続けていかれんくなるかもしれんしね」

それは、と言いかけて龍は言葉を呑《の》む。

――ユトリロはもうすぐ閉める。

正直が龍に告《つ》げたのは、彼が名古屋大学の医学部に入学して名古屋にやってきて間もなくの頃だった。美和子が言ったとおり名古屋駅西にリニア新幹線の駅が新設されることになり、今このあたりは工事の真っ最中だった。喫茶ユトリロのある場所は立ち退《の》き範囲には入っていなかったものの、駅が完成して周囲が整備されれば、取り残されることになるかもしれなかった。創業七十年の老舗喫茶店も、そろそろ店仕舞いのときだと正直は覚悟を決めているようだった。

その話を聞いたとき、龍はショックを受けながらも一方で「しかたないかな」とも思った。ユトリロは今でも常連客に支えられているが、見方を変えれば常連客にしか頼れない店でもあった。高齢化した彼らが来なくなれば存在意義を失いかねない。そのときは近いのだと祖父の言葉を聞きながら思ったのだった。

でも、と今の龍は思う。本当にこのまま、この店は存在意義を失ってしまうのだろうか。竹内も榊原も岡田夫妻も紳士さんも、その他の常連客も高齢とはいえ、すぐにいなくなってしまうわけではない。彼らが元気なうちはユトリロは大事な場所であり続けるのではないか。それだけではない。駅西の様相が変われればユトリロの存在意義は失われるのではなく、変わっていく可能性だってある。新しい街に必要な喫茶店として生まれ変わることだって可能かもしれない。もしも……。

もしも、誰かがその気になれば。

燻《くすぶ》っている思いは、しかしそこで立ち止まる。その「誰か」に自分はなるつもりなのだろうか。このまま医師になる道を閉ざし、喫茶店を引き継ぐ覚悟があるのか。自分に問いかけてみても、答えはなかった。答えられなかった。

龍が揺れる思いに立ち竦《すく》んでいたとき、店のドアが開いた。

「いらっしゃい」

敦子が声をかけ、そのついでのように龍に小声で、

「気にせんでええでね」

と言った。まるで龍の逡巡《しゅんじゅん》を見抜いているかのようだった。龍は何か言おうとしたが、やはり言葉が見つからない。中途半端《はんぱ》な気持ちで入ってきた客に眼をやる。

「……え？」

意外な人物が、そこにいた。

「宏太さん……どうしたんですか」

「あ、いや、どうも」

片岡宏太はちぐはぐな受け答えを返してくる。この前と同じミリタリーな服装をしていた。

「お知り合い？」

敦子が尋ねたので、

「片岡宏太さん。バイトに行った片岡さんの息子さん」

「あれあれ、あんたが宏太ちゃんかね」

美和子が立ち上がって駆け寄ってきた。

「わたしのこと覚えとる？　あんたのお父さんが勤めとった岡田精肉店の」

「あ、はい」

いささか戸惑《とまど》い気味に宏太は頷く。

「こっち、うちのひと。ほらあんた、片岡さんの息子さんだって」

「どうも」

ぼそり、と栄一が挨拶する。宏太はますますうろたえてしまったようだった。まさかここに知り合いがいるとは思わなかったのだろう。

「……まいったな」

顔をかすかに顰《しか》め、鼻の頭を掻く。そして龍に向かって、

「ちょっと話したいことがあるんだけど」

「俺にですか」

「うん」

そう頷いてから周囲を見回す。ここでは話しにくいようだ。

「ばあちゃん、ちょっと出てくる」

「わかった。いってらっしゃい」

心得顔で敦子が言い、龍と宏太を送り出す。

「どうしてあのひとたちが？」

宏太が尋ねてきた。

「岡田さんたちですか。あの店の常連なんです。片岡さんが俺に声をかけてきたのは俺の出てるWebマガジンを見たからだけど、それも岡田さんが片岡さんに紹介したのがきっかけらしくて」

「ああ、そう。ところで、どこに行く？」

宏太の問いかけに、

「エスカに行きましょう」

龍は答えた。駅西にあるエスカ地下街のことだ。彼は宏太をその中にある喫茶リッチに案内した。

「うちのユトリロも古いけど、ここも一九七一年にこの地下街が開業したときからある古い喫茶店なんだそうです」

席についてコーヒーを注文した後、龍は説明する。

「詳しいんだな、喫茶店のこと」

「え？　ああ、少しだけですけど」

「喫茶店の息子だからか」

「息子じゃなくて孫ですけど。親父は東京で全然関係ない仕事してます」

「そうか」

頷いてから、宏太は呟くように言った。

「俺は、肉屋の仕事なんて全然知らない。親父が岡田さんのところで働いてたときもあんまり店に近付かなかったし、新しい店を始めたときも関心なかった。親父も店を継がそうなんて思ってない。俺には好きなことをすればいいって、それしか言わない」

「そうですか」

龍は短く返す。会話が途切れた。

少し気まずい沈黙が続いた後、龍は言った。

「今日は、俺に用があってきたんですよね？」

「ああ」

そう言ったきり、宏太はまた黙り込む。龍も返す言葉を見つけられず、口を閉ざした。

しばらくして店員がコーヒーを持ってきた。龍はそのままカップを口に運ぶ。宏太は砂糖を二杯入れ、フレッシュを全部入れてスプーンで掻き回し、ゆっくり啜《すす》った。

「あんたはブラック派？」

「最近は。コーヒーの味を損《そこ》ねたくなくて」

「それも修業のうち？」

「そういうつもりじゃないです」

龍はかすかに笑った。

「俺、別に店を継ぐつもりはないんで」

「そうか。そうだろうな。あんた、あの店の雰囲気《ふんいき》に合ってないし」

「そう、ですかね」

「気を悪くした？」

「そんなことないです。ただ……いえ、いいです。それより——」

「どて煮の件、どう思った？」

龍の言葉を遮《さえぎ》って、宏太が尋ねてくる。

「親父は牛すじしか入れてないのに、どて煮の中にはモツが入ってた。どうしてだと思う？」

「それは……わかりません」

龍は素直に答える。しかし宏太の視線は彼の言葉を疑っているようだった。

「あのときあんた『だとしたら』って言ったよね。親父が『何かわかったんですか』って訊《き》いたら『俺の思い過ごしです』って誤魔化《ごまか》したけど。何か気付いたんじゃないの？」

「それは……」

「それは？　何？」

宏太は追及してくる。

「それが、俺に会いに来た用件ですか」

「そうだよ。教えてくれ」

龍はコップの水を飲み、お手拭《てふ》きで口許を拭いた後、

「わかりました。じゃあ言います」

と、話しはじめた。

「これはさっき聞いた話ですけど、あなたのお父さんは繊細《せんさい》な味覚を持っているそうです。岡田さんがそう言ってました。コロッケを食べてじゃがいもの違いまで当てたって」

「たしかに舌は親父の自慢だ。それで？」

「モツの入っているどて煮を食べたとき、モツが入っている以外に味の違いはないと片岡さんは断言しました。それで俺、『だとしたら』って思ったんです。なぜどて煮にモツが入っていたのか。誰かがモツを混入させたとしか思えません。片岡さんが眼を離した隙《すき》に鍋に投入したんでしょう」

「そうかもしれないな。それで?」

「あのモツは充分に煮込まれたものでした。あの鍋の中で煮込まれた? いや、それなら煮込んでいる最中に片岡さんが気付くはずです。きっと完成してから煮込んであるものをこっそり放り込んだんだと思いました。でも、別のところで煮込んだモツを混入したら、どて煮の味は変わるかもしれない。片岡さんはあのどて煮には岡崎の八丁味噌と碧南の本みりんだけを使っていると言ってました。それ以外の材料で作ったどて煮を混ぜたら、繊細な舌を持つ片岡さんには気付かれるはずです。だけど味は変わらなかったと片岡さんが断言している。なぜか」

　龍は言葉を切り、水で喉《のど》を湿らせる。宏太はそんな彼をじっと見つめている。

「なぜなら、モツも同じ味噌ダレで煮込まれていたからです。片岡さんが味付けした味噌ダレをこっそり抜き取ってモツを煮込んだ。それが可能なのは身内のひとでしょう。そうじゃないんですか、宏太さん?」

「それができるのは俺だけじゃない。おふくろだって可能だ」

「ああ、お母さんもたしかにそうですね。お母さんは店で豚肉を扱いたがっていた。牛肉しか売らない片岡さんに反発して豚モツのどて煮を鍋に放り込んだのかもしれない。だけどあのお母さんなら、自分がやったと片岡さんに言うと思うんです。でも、あなたなら」

龍は宏太を見つめ返した。

「俺にわざわざ会いに来たのは、あなたがやったからではないですか」

宏太はコーヒーを啜り、ひとつ息をつくと、

「そうだよ。俺がやった。どうしてだと思う？」

「わかりません」

龍は正直に言った。

「片岡さんのお店でモツ混入がわかったとき、俺はすぐに宏太さんのことを疑いました。でも理由が全然わからなかった。牛すじ肉にモツを混ぜる理由なんて、俺にわかるわけがない」

「だろうな。だから今日、あんたに会いに来た」

宏太は言った。

「話したかったんだ。そうしたくなった理由を」

「聞きましょう」

龍は居住まいを正した。

「子供の頃から親父は俺に『好きなことをやれ』と言った。『自分の夢を叶《かな》えろ』って」

宏太は話しはじめる。

「だからそうするつもりでいた。専門学校に入ったのも、映画を作りたかったからだ。小さい頃から親父に映画館に連れてってもらって映画をたくさん観た。映画に魅《み》せられた。それで俺の夢は映画作りになった。でもいざ専門学校に入ってみると、なんか勝手が違ってた。映像作りの理論とか技術とか教えられても、それが身についていく実感がないんだ。何もかもが目の前で上滑《うわすべ》りしていく感じで、全然自分のものにならない。一方で同級生はどんどんいろんなことを吸収して成長していく。意欲がすごいんだ。あんなの俺にはできないと思った。俺は映画が好きだったはずなのに。でも、そのとき思い出した。俺は親父に連れられて映画を観た。映画は親父の趣味だったんだ。ほら、肉屋の店の中にも古い映画のポスターが貼《は》ってあっただろ。親父は本当は映画監督になりたかったんだよ。昔、そんなことを言ってた。でも家の事情でなれなくて、肉屋に勤めた。そして肉屋として成長して店の主になることを目指した。本当は映画を撮りたかったのに。だからその夢を俺に託《たく》したんだ。俺に映画をいっぱい観せて映画好きにして、そして『好きなことをやれ』って焚《た》きつけて。俺は親父の夢を自分の夢だと勘違いさせられたんだ。俺は本当は映画なんて好きじゃなかった。でも気付いたときには専門学校に入って方向転換もできなくなってた。せめて映画じゃなくてＷｅｂ動画作りに方向を少しだけ変えるくらいしかできなかった。映画より今はネットの時代だしね」

　宏太は淡々と話す。

「親父はさ、俺には好きなことをしろって言っておいて、本当は自分の好きなように俺を縛《しば》ってたんだ。そのことに気付いたとき、超ムカついたよ。だから仕返ししてやりたくなった。それで親父の自慢の惣菜に混ぜ物をして驚かせてやろうと思った。だからって客に出すものに食えないようなものを混ぜて事件にまではしたくなかった。だから牛すじ百パーセントを売りにしてるどて煮にモツを混ぜてやったんだ。俺はあれがそのまま売りに出されると思ってた。だけど混ぜ込んだ後になって『宣伝用の動画を撮ってくれ』って言われたんだ。『そのための惣菜は作るから』って」

「それが、俺の食べたどて煮だったんですね？」

「そういうこと。あんたに食べさせるつもりじゃなかったんだ」

　宏太はまたコーヒーを口にする。そして砂糖をもう一匙《ひとさじ》加えた。

「うちのどて煮、味付けちょっと甘めだろ？　親父もおふくろも甘党なんだ。だから俺もブラックコーヒーは飲めない。結局子供って、親の趣味嗜好《しこう》から離れられないものなのかな……」

「そういうことではない、と思います」

　龍は言った。

「子供が親の好みから離れられないってことではなくって、俺が思うに……宏太さんは自分で判断することに迷ってるんだと思います」

「迷ってる？」

「専門学校に行って壁にぶち当たって、一からやり直すべきかどうか。でもそれをしてしまったら今までの努力が無駄になってしまう。自分の判断も間違ってたことになってしまう。だから迷って、そしてお父さんが自分の人生を操《あやつ》ってたんだって思い込むことで、自分の方向転換を正当化したいんだと思うんです」

「俺が？　そんなこと思ってるって？」

「そう、俺には見えます」

「なんでそんなこと言えるんだ？　他人のあんたに」

宏太は明らかに不機嫌《ふきげん》になっている。龍は躊躇《ちゆうちよ》したが、あえて言った。

「どうしてそんなことを言えるかっていうと、俺がそうだからです。俺、医学部に通うために名古屋に来ました。でも大学に入って勉強してみて初めて、自分は医者になりたいんじゃないのかもって思いはじめたんです。だけど、じゃあ何になりたいのかって訊かれてもわからなくて、それに医者になることも完全に諦《あきら》めきれなくて、今は休学してるんです。宏太さんと同じように、いや、宏太さんよりいいかげんです。俺は今、何者でもない。でも、自分がどうありたいか、ずっと考えてます。そして、道を見つけたいと思ってます。

宏太さんも迷っているなら、思いきり迷っていいと思います。それくらいしないと、わからないですから」

これ、紳士さんの受け売りだな、と内心で自分に突っ込みを入れる。とにかく言うだけ言って、宏太のほうを見た。

彼は微笑んでいた。

「へえ、医学部に合格したのに休学してるのか。すごいな」

「すごくないです」

「すごいよ。すごい大馬鹿だ」

笑われた。

「でも面白い。そうか医学部に入れたのに医者になるのをやめようっていう奴《やつ》なんかいるんだ。へえ」

宏太は感心したように何度も頷く。

「あんたと話してよかった。俺より馬鹿がいるってわかった」

「そうですか。それは、よかったです」

「あんた、ほんとに馬鹿だな。馬鹿って言われてよかっただなんて」

宏太は笑う。龍も少し笑った。そして尋ねた。

「ひとつだけ疑問なんですが、どうしてどて煮にモツを入れる気になったんですか。嫌がらせなら他にもいろいろ方法があったのに、わざわざモツを煮込んで混ぜるなんて」

「そんなことか」

宏太は笑いすぎて滲《にじ》んだ涙を指で拭《ぬぐ》いながら、言った。

「俺、どて煮はすじ肉よりモツのほうが好きなんだよ。だから親父の味噌ダレでモツを煮込んでみたかった。それ絶対美味いやつだから」

「食べてみました?」

「ああ、予想どおり、美味かったよ」

4

ユトリロに戻ってくると、客たちはみんな帰った後だった。

「すっかり静かになったね」

「まあね。でも賑《にぎ》やかなほうがええわ」

敦子が言った。

「いつまでも、あんなふうに賑やかにしとれたらいいけどね」

そうだね、と言いかけて龍は口を噤《つぐ》む。いつまでもそうしていられるかどうか、それはわからない。でもせめて……。

「龍」

店の奥から声がかかった。

「何、じいちゃん？」

「ちょっとこれ」

正直がカウンターに一枚の紙を差し出す。

龍がそれを手に取ると、祖父は言った。

「もしも興味があるなら、行ってみるか」

第2話

天むすと少しばかりの転機

1

「コーヒー豆とはアカネ科コフィア属に分類される常緑樹コーヒーノキの種子です。ちなみにですが『コーヒーノキ』とカタカナで書くのがコーヒーの木の正式な日本語名称です」

講師の声は耳に心地よく響いた。彼は赤い実の付いた植物の写真をパネルにしたものを掲《かか》げて受講生たちに見せた。

「通常はこの赤い実——コーヒーチェリーの中に種がふたつ、向かい合わせに入っています。果肉を取って種を乾燥させたものが生豆《きまめ》、生豆を焙煎《ばいせん》して粉にして熱湯で抽出《ちゅうしゅつ》したものが、皆さんが飲んでいるコーヒーということになります」

白いシャツにグレイのベストを合わせていた。腰には黒いエプロンを巻いている。そのエプロンには「Engel」という文字が翼《つばさ》の形にデザインされたロゴがプリントされていた。

顔の下半分を覆《おお》っているマスクも不織布《ふしょくふ》のものの上にエプロンと同じロゴ入りの黒いポリエステル製のものを付けている。

彼が背を向けている壁には一枚の絵が掛けられていた。白地に単純な線で人間らしきものが描かれている。両肩のあたりが尖《とが》って突き出ているのは、これも翼なのかもしれない。龍《とおる》は手にしたフリクションペンで講義の内容をメモしながら、時折その絵を見つめていた。

「コーヒーの味の違いには、いろいろな要因が絡《から》んでいます。まず産地。ブラジルとかコロンビアとか国の名前で呼ばれる豆があることはご存知《ぞんじ》ですね。他にケニア、エチオピア、インドネシア、ベトナム、インドといった国でもコーヒーを産出していて、それぞれ味わいが異なります。また同じ国で栽培されている豆でも農園によって味が違います。

さらに豆の乾燥方法によっても味に違いが出ます。たくさんの水でコーヒーチェリーの果肉を洗い流すウォッシュドはコーヒーをすっきりとクリアな味わいに仕上げ、豆の味を一番引き出す方法だとも言われています。一方で果肉が付いた状態で乾燥させるナチュラルと呼ばれる方式もあり、とてもフルーティーな味わいに仕上がります。

焙煎の加減によっても大きく味が変わります。浅煎《あさい》りだと酸味が強く感じられる味になりますし、深く煎れば香ばしさと苦みが強くなります。さらに豆の挽《ひ》き具合でも変わりますし抽出方法でも変わります。まさに千差万別。これがコーヒーの面白さでもあるわけです」

テーブルを挟んでふたつの椅子《いす》が向かい合う四人席が八席ある店内は、ほとんどが埋《う》まっている。龍は右隅《みぎすみ》の席に座って、講義をメモしていた。

「先生」

龍の隣の席に座っていた中年の女性が手を挙《あ》げた。

「水も味に関係してきませんか」

「いい質問ですね。大いにあります」

彼はそう答えてから、

「……なんか、先生って言われるのはちょっと面映《おもはゆ》いですね。東堂《とうどう》と苗字《みようじ》で呼んでもらうか、店で呼ばれてるみたいにマスターって言ってもらったほうが気が楽です」

「どっちがいいですか」

「そう……じゃあ、東堂で。皆さんは僕の店の従業員でもお客さんでもありませんものね。あ、この講義の後に店で何か飲んだり食べたりしてくれたら、もちろん立派《りっぱ》なお客様ですけど」

室内に軽い笑いが広がった。東堂は小さく咳払《せきばら》いをして、

「それで今の質問ですが、水は大まかに軟水《なんすい》と硬水《こうすい》に分けられます。硬度というものがあって、これは水一リットルあたりのカルシウムやマグネシウムなどのミネラル含有量《がんゆうりよう》なん

ですが、硬度百二十グラム以上が硬水、未満が軟水とされています。硬水を使ったコーヒーは苦みが強く感じられ、軟水では酸味が際立《きわだ》ちマイルドな味わいになります。ちなみに日本では水道水も市販の天然水もほとんどが軟水です。そんなわけで、日本ではマイルドなコーヒーが多く飲まれている。もちろんあえて硬水を使っているお店もありますけどね」

なるほど、と龍は思う。コーヒーといっても味わいにはこれだけ変動要因があるわけだ。その中から自分の好みの味を見つけ出すのは、なかなか難しいことかもしれない。

「どんなコーヒーを美味《おい》しいと思うか、これも十人十色です。酸味があるものを好むか、苦みを優先するか、あるいはアメリカンのようにライトな味を好むか。それを見極め、自分のための至高の一杯を選び出すのは本当に難しい」

東堂は龍の心を読んだかのように、言った。

「今日は、その第一歩を皆さんに踏《ふ》み出してもらおうと思います」

「もしも興味があるなら、行ってみるか」

祖父の正直から渡された紙には「あなたのための一杯《コーヒー》を見つける講座」という表題が掲げられていた。

「新栄町《しんさかえまち》にある喫茶《きっさ》エンゲルの店長が店で月に一回、一般向けのコーヒー教室を開いている」

いつものようにいささかぶっきらぼうな口調で、正直は言う。

「知り合いなの？」

「先代がな。長い付き合いだった。今は息子が継《つ》いでいる。この前、おまえがいないときに店に来て、そのチラシを置いていった」

「ふうん」

龍はチラシを見た。表題の下には湯気の立つコーヒーカップのイラストと、にこやかに微笑《ほほえ》む男性の写真が印刷されていた。三十代くらいだろうか。サイドを短く刈《か》り上げたツーブロックの髪に赤いフレームの眼鏡というインパクトのあるファッションながら、顔立ちはいたって穏やかに見える。このアンバランスさが特徴的な人物だった。写真の下には「喫茶エンゲル　マスター　東堂虎」とある。

「この、とうどう、とら？　ってひとが息子さん？」

「虎と書いて『たいが』と読むそうだ」

「ふうん……」

変わってるね、といいかけて、自分の名前も似たようなものではないかと龍は気付いた。

「……あの、その……でも、どうして俺《おれ》に？」

話題を変えようと尋《たず》ねた龍に、祖父はやはり素《そ》っ気《け》なく答えた。

「興味があるかもと思っただけだ。無理強《むりじ》いをするつもりはない」

興味があるかと尋ねられ、即座に「ある」とは答えられなかった。毎日のようにコーヒーの香りに包まれる暮らしをしているが、そして決してコーヒーは嫌いではないのだが、詳しく勉強してみようとまでは思ったことがない。

なのに喫茶エンゲルを訪れる気になったのは、講師であるオーナーに、いや正確にはオーナーの名前に興味を持ったからだ。

虎と書いて「たいが」と読む。

龍と書いて「とおる」と読む。

なんとなく親近感を覚えた。

それに、今まで積極的に何かを勧《すす》めてくるようなことがなかった祖父が言うのだから、という気持ちもあった。どうせ今は暇《ひま》なのだし、無下に断るのも気が引けたのだ。

そんなわけで二月の午後、龍は新栄に出かけた。

喫茶エンゲルは広小路通《ひろこうじどおり》に面した五階建てビルの一階を占《し》めていた。一見すると特に変わったところのない――といっても昨今は有名カフェチェーン店ではない個人経営の喫茶店というだけで珍《めずら》しい存在になっているのだが――店だった。ひとつ特徴的なのは、店の入り口脇に木彫《きぼ》りの天使像が置かれていることだった。高さが一メートルほどで、顔を伏せて眼《め》を閉じ、両手を胸の下で合わせせて祈っているような姿だった。

講義はコーヒーの基礎知識から始まった。そして次は実際にコーヒー豆の違いを体験することになった。

「今日は十種類の豆を用意しました。それぞれ産地、製法、焙煎に違いがあります。まずはご自分の眼と鼻と舌で違いを感じてください」

受講者は順番に皿に盛られたコーヒー豆を検分していく。形にそれほど違いはないようだが、色合いはそれぞれ違っていた。これは焙煎の強度の違いもあるようだ。皿を手に取ってマスクをずらし鼻を近づけて香りを確認すると、やはり豆によって違う。軽く華やかなものもあれば深く強いものもある。

「気になる豆は食べてみてください」

そう言われて、少し躊躇《ちゅうちょ》した。今までコーヒー豆をそのまま食べるなんてことは経験がない。でも言われるまま一粒手に取って嚙《か》み砕《くだ》いてみた。苦みと香りが口の中に一気に広がる。なかなか強烈だった。だが、悪くはない。いや、意外に美味しいかも。

水を少し飲んで舌をリセットすると、他の豆も齧《かじ》ってみた。たしかに違う。先程のが苦みの中にとろりとした甘みを感じさせるものだったのに対し、これは鼻に通る爽《さわ》やかな香りとかすかな酸味がある。同じコーヒーなのに、こんなにも違いがあるのか。龍は少し驚いた。

「香りや味を確認しながら、自分ならどんなコーヒーが好みなのか想像してみてください。まずはメインとなる豆を決めて、これにもう少し酸味を加えられたらとか香りを足《た》したいとか、そんな希望に添える豆を選んでください。そして自分なりのブレンドが決まったら、そのとおりにこちらで豆をブレンドして、お渡しします」

龍は他の受講者たちに交じって豆の味と香りを確かめる。そして自分の感想と思いつきをメモし、自席に戻ってブレンドを考えはじめた。これがなかなか難しい。手渡された配合記入用紙を前に、彼は考え込んだ。

「苦労してます？」

声をかけられた。東堂が立っていた。

「難しいです」

龍は素直に言った。

「今までコーヒーの味の違いなんて気にしてこなかったし、自分がどんなコーヒーが好みなのかも考えたことがなかったんです。でもこうしていくつもの豆を比較してみると、たしかに美味しいと思うものと、そうでもないものがあります。美味しいと思うものをメインに考えればいいのかもしれないけど、それに何を足したらもっと美味しくなるのか……」

「ブレンドをするのは初めてですか。だったらあまり深く考えず、えいや、で決めていいですよ。これがあなたの最終回答というわけではないんですから。これからよりよいブレンドを考えるための第一歩と考えればいいんです」

「……そうか。そうですね」

東堂に言われ、龍はふっと肩の力が抜けたような気がした。

「第一歩だから、とにかく踏み出せばいいんですね」

「そのとおりです」

「わかりました。ありがとうございます」

東堂に礼を言い、龍は用紙に書き込みはじめた。

2

「これが龍の考えたブレンドかね。へえ」

目の前に置かれた紙袋を前に、敦子が感心したように言う。

「豆は何が入っとるの？」

「えっと、ベトナム・ロブスタが50、ミャンマー・レッドハニーが30、ケニア・ンダロイニファクトリーというのが20の割合にした」

「珍しい豆ばっかかだね。ブラジルとかマンデリンとかはなかったの？」

「そういう豆も用意されてたけど、俺はなんか、こんなふうにしてみたかったんだ」

龍が紙袋の封を開けると、正直が袋に鼻を近づけて香りを確かめる。

「深煎りが多めだな」

「うん、浅煎りだと酸味が強くなるって言われたから。俺はどうも、酸味の強いコーヒーってあんまり得意じゃないみたいで。飲んでみる？」

「ええんかね？」

敦子に訊《き》かれ、龍は頷《うなず》く。

「じいちゃんとばあちゃんに飲んでもらいたいと思って持って帰ってきたんだから。感想を聞かせてよ」

「ほうかね。じゃあ、よばれようかね。お父さん、淹《い》れたって」

敦子の頼みに正直は無言で紙袋を手にした。店の奥にあるコーヒーミルに三人分のコーヒー豆を投入し、スイッチを入れる。年代物の機械は騒がしく音を立てて豆を挽いた。正直は粉になったものをネル製のフィルターに入れ、ポットの熱湯を回し入れる。その動きには一切の無駄がなかった。

「やっぱりすごいな」

龍は感心して言った。

「なんていうか、じいちゃん、まさにプロって感じだ」

「当たり前だがね。これで家族を養《やしな》ってきたんだもん」

　そう言って敦子は頬《ほお》を緩める。

「でもね、お父さんのコーヒーはやっぱり最高だて」

　程なくユトリロで普段使っているカップに三杯のコーヒーが注《そそ》がれた。龍はそのひとつを手に取って、そっと香りを確かめた。香ばしく、柔らかく、でも強さを感じさせる香りだった。カップに口をつけ、ゆっくり啜《すす》ってみた。深い苦みが口の中に広がる。しかしそこにはまろやかさも感じられた。うん、悪くない。

　龍はそっと祖父母を見る。ふたりともコーヒーを啜っていた。

「どう？」

　尋ねてみた。すると、

「まず、おまえの感想を言え」

　正直に返された。

「感想……そうだな、思ったよりいいと思う。変な味はしないし」

「全然、変ではないね」

　敦子が言った。

「美味しいと思うよ。ねえ？」

　と、夫に同意を求める。しかし正直は何も言わない。祖父の沈黙は感想を続けろという意味だと龍は察した。

「……えっと、東堂さんの教室で豆は十種類用意されてたんだけど、初心者はまず癖《くせ》の少ない中煎りのものを主体にして、そこに浅煎りや深煎りの豆を足してアクセントを付けるのがいいって言われたんだ。でも俺は、いろいろな豆の香りとか味とか確かめてみて、深煎りのものを主体にしたいと思ったんだよね。それでベトナム・ロブスタを一番多くしてみた。麦茶とか煎餅《せんべい》とかウイスキーとかの香ばしいフレイバーがあるってのも気に入ったし。あとは香ばしさに甘さを足したいと思ってリンゴや蜂蜜《はちみつ》を感じさせるって教えてもらったミャンマー・レッドハニーと、カシスやピーチの香りがあるケニア・ンダロイニファクトリーを合わせてみた。で、結果はまあ、悪くないものになったんじゃないかなと思う。ただ、もしかしたら浅煎りのケニアはもう少し比率を下げるか、あるいは入れなくてもよかったかもしれない。じいちゃんは、どう思う?」

　言えることは言ってしまい、今度は祖父に感想を求める。

　正直はもう一度コーヒーを啜った後、少し間を置いてゆっくりと口を開いた。

「名古屋で古くからある喫茶店のコーヒーは苦みとコクの強いものが多い。砂糖とフレッシュを入れることを前提としたブレンドだ。コンパルさんがその代表だな。あそこは今でも昔ながらの名古屋のコーヒーを出している。うちも同じ流れで苦みとコクの強いものを業者にブレンドして焙煎してもらっている。それに比べるとこのコーヒーは、たしかに苦みが強いもののブラックでも飲めるレベルだ。ただクセは強い。一般的な客がこれをブラックで飲んでくれるかどうかわからない。だからといって砂糖やフレッシュを入れたら、たぶんこのブレンドの良さは消えてしまうだろう。そういう意味でこれは、万人向けではない」

「……東堂さんにも似たようなこと言われた」

龍は頷く。

「プロの発想からは生まれないユニークなブレンドだって。そんなにへんてこかな」

「へんてこなんてこと、あれせんて。美味しいもん」

敦子が言った。

「ただ、お父さんが言うこともわかるわね。うちみたいな町の小さな喫茶店のコーヒーはお客さんの舌を邪魔せんような味にせんとかんのだわ。ほいでも飽《あ》きさせせんでずっと飲んでもらえるようにもせんとかん。龍のコーヒーは美味しいけど、ずっと飲んどると飽きるかもしれんね」

「ばあちゃんも容赦《ようしゃ》ないなあ」

龍は苦笑した。

「でも、たしかにそうかもね。初心者がいきなり最高のブレンドなんて作れるはずがないし。そもそも自分の好きなものを作ってみただけで、店で飲んでもらうわけじゃないんだし」

そう言ってから、ふと気付く。

「……もしかして、俺のブレンドをユトリロで出そうなんて、思ってた？」

「思ってない」

正直は言う。

「だが、試してみてもいいとは思っていた」

「ユトリロで？　いやいやいやいや、それは駄目でしょ。コーヒーの味を変えるなんて常連さんたちが許さないよ」

「試すのは、ここじゃない。宣隆の店だ」

「叔父《おじ》さん？　店？　何のこと？」

唐突な情報に龍は戸惑《とまど》う。正直は言った。

「もうすぐ奴《やつ》が来る。直接聞け」

3

「栄で期間限定の『アルカイック・サーガ・カフェ』をやることになったんだよ」

宣隆は喫茶ユトリロに現れるなり、龍に弁じ立てはじめた。

「ゲームに登場する戦闘糧食《レーション》を実際に食べてもらおうって企画でさ。特に評判だった『ブラック・サーペントのひつまぶし弁当』とか『ワイルドボア味噌《みそ》カツ』とかを実際に食べてもらおうってわけだ」

相変わらず髪形と髭《ひげ》をスティーブ・ジョブズそっくりにしている宣隆が熱弁を振るう。

「で、その中にゲームに出てくる『暗黒コーヒー』を出したいんだ。知ってるだろ、暗黒コーヒー」

「あ、いや」

「なんだ、おまえまだアルサガやってないのかよ」

一瞬不満顔になるが、すぐに表情を戻して、

「暗黒コーヒーってのはゲームでも結構重要なアイテムでさ、これを飲むと外見が魔物そっくりになるんだ。それで魔窟《まくつ》に潜入《せんにゅう》することができるんだけど、一定時間を超えると心の中まで魔物になっちまう。それまでにミッションを完了させて基地に戻って毒抜き——ゲームでは『デカフェ』って言ってるんだけど——をしないといけないんだよ。わかる？」

「あ、はい」

勢いに圧《お》され、龍は頷く。デカフェというのはコーヒーのような本来カフェインを含んでいる飲食物からカフェインを抜き取ったものをいうのではないかと疑問に思ったが、それも言葉にはしなかった。遮《さえぎ》られなかった宣隆は滔々《とうとう》と弁じつづける。

「そう！　暗黒コーヒーこそこのゲームのシンボルなんだ。プレイヤーは時として自分自身が狩るべき魔物になってしまう危険を孕《はら》んでいる。それをカフェでも体験してもらおうってわけだ。面白いだろ？」

「そう、だね」

「で、肝心《かんじん》の暗黒コーヒーなんだが、この際だからオリジナルブレンドを作ろうってことになって、俺が担当になったんだ。喫茶店の息子だからコーヒーには詳しいだろうというわけなんだけど、自慢じゃないが俺はコーヒーの味なんてわからない」

「偉そうに言わんでもええがね」

　敦子が突っ込む。しかし宣隆は動じる様子もなく、

「だから親父《おやじ》に頼もうと思ったんだが、それなら龍が今度コーヒー教室に行って自前のブレンドコーヒーを作ってくるから、それを試してみろって言われてさ。それならってんで今日来たわけだ。で、オリジナルブレンドってのはできたのか」

「できたのはできたけど、試しに作ってみたって感じだから、いきなり店で出すってのはどうかなって思うんだけど」

　龍はいささか臆《おく》しながら弁解する。しかし宣隆は、

「いいんだ。別にとびきり美味《うま》いコーヒーにする必要もない。なんたって暗黒コーヒーなんだからな。とにかく飲ませてくれ」

散々な言われかただった。龍は豆の入った紙袋を差し出しながら、

「一応自分なりに考えてブレンドしたんだから、本当に不味《まず》いわけじゃないと思うんだけど……」

「いいから飲ませろよ。これがその『鏡味龍スペシャルブレンド』なんだな。親父、淹れてくれ」

ぞんざいな言いかたで父親に頼む。正直は無言で豆を挽き、ドリップしたコーヒーをカップに注いで息子の前に出した。

「コーヒーの味なんてわからん、と言ったな」

正直が言った。

「それなら、このコーヒーをどうやって評価する」

「もちろん直感だよ」

宣隆は自信満々に言い切るとカップを手に取り、大仰《おおぎょう》な仕種《しぐさ》で香りを確かめ、ゆっくりと啜った。

固唾《かたず》を飲む、というほど真剣ではないが、龍は叔父の反応を待つ。宣隆はしばらく無言だったが、やがてゆっくりと頷いた。

「……これで行こう」

「え？」

「合格ってこと。このコーヒーを店で出す」

「え？　えっ？」

龍は当惑する。

「そんな、そんな簡単に決めちゃっていいわけ？」

「いい。これならイメージどおりだ」

「美味しくないってこと？」

「いや、思ったほどじゃない。少なくとも俺は嫌いじゃないな。でもちょっと癖がある。それがいい。普通のコーヒーを飲み慣れてる連中はこれを飲んで少しだけ驚くだろうな。不味くはない。いやむしろ美味いと言えないこともない。だけどいつも飲んでるコーヒーとは違う。まさに俺が望んでいた味だ」

褒《ほ》めているのか貶《けな》しているのかわからない物言いだった。

「このコーヒーのブレンドを教えてくれ。業者に頼んで用意してもらう」

「あ、えっと……」

「なんだ？　不満か」

「いや、そういうことじゃないんだけど……なんか唐突すぎて気持ちが付いていかないっていうか」

「大袈裟《おおげさ》に考えるな。所詮《しょせん》期間限定ショップの一アイテムだ。客に少しでも評判になれば御の字だよ」

宣隆は甥《おい》の肩を叩《たた》いて、

「もちろんギャラは発生させるから心配するな。たいした額は払えんけどな」

「……わかったよ」

龍がメモしたノートの配合表を見せると、宣隆はそれをスマホで撮影した。

「ンダ……ンダロイニファクトリー？ ややこしい名前だな。まあいい。そうだ、もうひとつ頼まれてくれないか」

と、ついでのように彼は言った。

「天むす、作ってくれ」

「……え？」

「天むすだよ。知らない？ Ｗｅｂマガジンで名古屋めしの取材とかしてるなら、食べたことくらいあるだろ？」

「あ、うん。食べてはいるけど……作れって、どういうこと？」

「アルカイック・サーガ・カフェで新作の戦闘糧食《レーション》も出そうってことになってな、いろいろ考えた末に天むすに決まったんだ。どんなのがいいか考えてくれよ」

「そんな、無茶言わないでよ。俺、料理なんかしたことないし」

龍は即座に拒否したが、

「別におまえに天むすを作れとは言ってない。新しい天むすのアイディアを考えてほしいんだ」

宣隆は言い返す。

「それも無茶だよ。天むすって言ったら海老《えび》の天ぷらを具にした小振りのおにぎりって決まってるでしょ。新しいも何もないと思うんだけど」

「そこをアレンジしたいんだよ。ゲームのアイテムらしい、面白いのがいいな。面白い天むす、考えてよ」

「そんな無茶ぶりされても……」

困惑する龍の肩を、宣隆はまた叩いた。

「おまえなら面白いのができるって。頼むよ」

「でも……」

龍は助けを求めるように祖父母に眼を向ける。

「やったげればええがね」

敦子はあっさりと言った。

「どうせプロに頼んだら金がかかるで身内で安く仕上げようって魂胆《こんたん》なんだし。なんか適当に考えたったらええわ」

「そこまであけすけに言わなくてもいいじゃないか。当たってるけどさ」

宣隆は笑う。そして龍に言った。

「大丈夫。おまえはアイディアを考えるだけでいい。調理のほうは専門家に任せるから、いい感じに仕上げてくれるって」

「それ、いいかげんすぎない？」

「いいかげんじゃない。良い加減だ。とにかく頼んだぞ。じゃあな」

そう言って店を出ていきかけて、ふと立ち止まり、

「あ、期限は一週間だから、よろしく」

と、一言残して去っていった。

「一週間って……」

龍は唖然《あぜん》とするばかりだった。

4

ウィキペディアで「名古屋めし」を検索すると「愛知県名古屋市の名物料理を指す造語」と単純明解な定義が記されている。しかしその後に「すべてが名古屋市発祥《はっしょう》の料理ではなく、他の地域に起源を持つ料理もある」とも書かれている。

名古屋めしについては第一人者であるフリーライターの大竹敏之《おおたけとしゆき》氏によると、名古屋の

みならず愛知から東海地域に存在するご当地料理で、名古屋で食され名前が広まったことによって名古屋めしに含まれることになったものもある、とのことだ。天むすなどは、その典型だろう。

もともと天むすは三重県津市《みえけんつし》の天ぷら屋「千寿《せんじゅ》」で生まれた賄い飯《まかないめし》だった。仕事が忙しくてゆっくり昼食を摂《と》る間もなかった夫のため、妻が車海老の天ぷらを一口大に切って、やはり一口で食べられる大きさのおにぎりの中に入れたのが始まりだという。それを客に出したところ評判となって、千寿は後に天むす専門店となる。

その味に惚《ほ》れ込んだ名古屋の女性が暖簾《のれん》分けしてもらい、中区大須《なかくおおす》に「天むす千寿」を開いた。開店当初はあまり評判にならなかったのだが、地元のラジオやテレビで取り上げられたり、東京からやってきた芸能人が好んで食べたことから情報が全国に広まり、名古屋めしのひとつとしての地位を確立したのだった。今では天むす専門店もいくつか生まれ、スーパーの惣菜《そうざい》コーナーなどでも普通に見られるポピュラーな存在である。

男性なら一口で食べられる大きさのおにぎりに小海老の天ぷらを半分ほど埋め、海苔《のり》で巻いたものが定番だ。最近では天ぷらの具を海老ではなく鶏肉《とりにく》や野菜、梅干しなどにする店もあるようだ。たしかに天ぷらを具にさえすれば何でも天むすと呼べるのだろう。「家庭で作る簡単天むすレシピ」として天かすを御飯に混ぜ込んで握るというのもあったが、これはさすがに範疇《はんちゅう》から外れているかもしれない。

ネットに広がる情報の海を延々と泳ぎ渡りながら、龍は深く息をついた。

新しい天むすなんて、ろくに料理をしたこともない人間にできるわけない。しかもゲームに出てくるアイテムになりそうな天むすなんて、土台無理な話なのだ。

そんな無理な話を押しつけていった宣隆が恨《うら》めしい。それを引き受けてしまった自分も情けない。いや、引き受けたつもりはないのだけど、結果的に引き受けたことになってしまっているのも理不尽《りふじん》だ。

とはいえ、何か考えてみなければ。龍は呻吟《しんぎん》する。

そう、まずは基本に立ち返ろう。天むすの基本だ。以前「DAGANE!」の取材で食べたことはある。しかしあらためて確認するべきだろう。そういえば近くのエスカ地下街に天むすの店があったはずだ。

調べてみるとエスカにあるのは天むすの元祖《がんそ》である津の「元祖めいふつ天むす千寿本店」の販売店だった。基本も基本、天むすのルーツと言うべきものだ。早速、買いに出かけた。

イートインのない店だった。天むすは一パック五個入りのものだけ。他に松阪《まつさか》牛肉まんというのも売られていてこちらにも惹《ひ》かれたが、我慢して天むすだけ買って帰った。

ユトリロに戻ると丁度昼時で、岡田夫妻がランチを食べに来ていた。

「龍ちゃん、ちょっとちょっと」

龍を見るなり、ナポリタンを食べていた美和子が手招きする。

「何でしょうか」

少しだけ警戒《けいかい》しながら行ってみると、

「あんた、宣隆ちゃんのお店、手伝うんだって？」

「店？　手伝う？　え？」

「店で出す料理とか考えるそうだね」

どうやら敦子が話したらしい。

「そういう才能もあったんだね。さすがに頭のいいひとは違うわねえ」

厭味《いやみ》で言っているのではないようだが、さすがに誤解を正したくなった。

「違いますよ。手伝ったりしません。押しつけられただけです。天むすの新しいメニューを考えろって」

「天むす？　おにぎりに海老天の載《の》っとるやつかね。あれを新しくするんかね？」

「そういう計画らしいです」

「そもそも、天むす自体が新しいもんだがなあ」

カレーライスを食べていた栄一が言う。

「わしらの若いときには、天むすなんてもんはなかった」

「天むすだけじゃないがね。最近流行《はや》っとる名古屋の食べもん、みんな知らんもんばっかだが」

美和子が言う。

「ほら、あの台湾ラーメン？　あんなもんがあること、全然知らんかったし」

「今池《いまいけ》の味仙《みせん》が元祖らしいな。テレビで言っとったわ」

「ひつまぶしだってねえ、鰻《うなぎ》なんて高級なもん、わたしら全然食べれんかったで、そういうものがあることも知らんかった」

「今はテレビがすぐ宣伝して広めるんだわ」

敦子が言った。

「店で出しとるイタリアンスパゲッティだって、鉄板ナポリタンって名前で名古屋の名物になっとるでしょ。あんなの日本中で出しとると思っとったわ」

「知らんうちに、わからんもんが流行るねえ」

美和子は感慨《かんがい》深げに言う。そしてあらためて龍を見て、

「それで、どんな天むす作るんかね？」

と訊く。

「まだ考えがまとまりません」

龍は正直に言った。

「とにかく元祖の味を確認しようと思って、エスカで買ってきました。これから食べてみ

ます」

「研究熱心でええねえ。がんばって考えやあ」

「はい、ありがとうございます」

軽く頭を下げ、店の奥のドアから家に入る。茶の間に行くと、曾祖母《そうそぼ》の千代が麦茶を飲んでいた。

「ひいばあちゃん、お昼は？」

「今、呼ばれたで。あんたは？」

「これから食べる。麦茶、まだあるかな？」

「冷蔵庫にあるよ。取ってきたげようかね」

「いいよ。俺が持ってくる」

コップに麦茶を注いで戻ると、買ってきた天むすの包みを開ける。五つの小振りなおにぎりが肩を寄せ合うようにまとまっていた。

「ずいぶんと小《ちっ》さゃあおにぎりだわなも」

「天むすだよ」

「てんむす？　なんだねそれ？」

曾祖母は天むすを知らなかった。

「中に小さい海老の天ぷらが入ったおにぎりだよ。食べてみる？」

「ええわ。わたしはさっきおうどんいただいたで」

「そう。じゃ」

と、ひとつ手に取って頬張《ほおば》る。天むすというと海老天が半分顔を覗《のぞ》かせているものだと思っていたが、これは完全に飯の中に包み込まれている。ほのかに味の付いた衣は柔らかくなっているが、これはこれで食感が良い。海老はぷりっとした歯応《はごた》えで存在感をしっかりと主張していた。それに白飯と海苔の風味が相まって、満足感のある食べ物だ。一口大といいながらも男でも一口は少し難しい。龍は二口で食べきった。

「中に天ぷらが入っとるのかね。この頃《ごろ》は珍しいおにぎりがあるんだねえ」

「ひいばあちゃんの若い頃は、おにぎりの具って何だった？　やっぱり梅干しとか？」

「梅干しだって贅沢品《ぜいたくひん》だったわね。たいていは中に何にも入っとらん塩おむすび。お海苔も付いとらんかったわ」

「そうなんだ。じゃあ名古屋名物って言って、何が思い浮かぶ？」

「名古屋の名物かね。そらやっぱりお城と熱田神宮《あつたさん》だわね」

「場所じゃなくて、食べ物は？」

「食べもんだったら、きしめんとういろだわ。熱田さんにお参りした後、宮《みや》きしめんでお昼を食べてくのが楽しみでねえ。あとは名古屋コーチンかね。わたしらには手の届かん高級品だったけどね。他に子供の頃よお食べたのは、みたらしと、どて煮、あとはおでんだね」

「おでんは味噌？」

「そうそう。豆味噌でよお煮込んだおでんをいただいたわ。ダイコンとかコンニャクとか、美味しかったわなも」

千代は昔を懐《なつ》かしむように言った。そして付け加えるように、

「今はゆかり御飯が一番美味しいけどねえ」

と、皺《しわ》を深くして微笑んだ。

5

昨年末は愛知県内の新たな新型コロナウイルス感染者が一日一桁《ひとけた》台で推移していたが、二〇二二年に入ると変異株の流行に伴い急激に増加、二月半《なか》ばには毎日二千から七千人台という増加傾向に転じていた。それでも以前ほど大事として報じられなくなり、人々もパニックを起こすようなこともなかった。パンデミック勃発《ぼっぱつ》から二年経《た》ち、ワクチンや治療《ちりょう》法《ほう》がある程度確立してきたという理由もあるのだろうが、それ以上に人々がこの状況に慣れてきたということも、この穏やかさの要因になっているのだろう。人間はどんな状況にも慣れる。正確には慣れたというより飽きたと言ったほうが正しいのかもしれないが。

名古屋駅周辺もコロナ禍《か》前とさして変わらない賑《にぎ》わいを見せるようになっていた。まだほとんどのひとがマスク姿ではあるが、ソーシャルディスタンスを保とうという素振りは感じられない。誰《だれ》もが普通に人込みの中を歩いていた。

龍もそんな中のひとりだった。駅西の太閤通口《たいこうどおり》から名古屋駅コンコースを突っ切って東側の地下鉄駅に向かう。

平日昼下がりの地下鉄はそれほど混んではいなかったが、それでもコロナ禍が始まる前とあまり違いはない。桜通《さくらどおり》線で車道《くるまみち》駅まで。そこからは少し歩くと目的地だった。

名古屋市東《ひがし》区筒井《つつい》。建中寺《けんちゅうじ》の南に位置する住宅街の中でも目立って大きな、白い塀に囲われた白い壁の家で、一見すると南欧《なんおう》あたりの建物のようだった。「Takenaka」と記された表札が掲げられている。インターフォンを押して名前を告《つ》げると塀の奥の玄関ドアが開き、家の主が現れた。

「いらっしゃい。お久しぶり」

小柄《こがら》で痩《や》せた、白髪《はくはつ》の女性だった。ミントブルーのセーターに白いパンツを合わせている。

「お久しぶりです。今日はよろしくお願いします」

龍は頭を下げる。

「今日はおひとりなんですね。前に一緒にいらした方、お元気ですか」

「平野《ひらの》さんは退職して名古屋を離れました。今は東京で旅行誌の編集をしているそうです」

「そうですか。じゃあ今は鏡味さんおひとりで取材をされてるんですか」

「取材というか、今回は『DAGANE!』とは別件でご相談したいことがありまして」

「あ、そうなんですね。わかりました。ではどうぞ、お入りくださいな」

「ありがとうございます。お邪魔します」

龍は家に入る。外観同様、家の中も瀟洒《しょうしゃ》な欧風の意匠《いしょう》に仕上げられていて、天井も高く、明るかった。

「キッチンにどうぞ。準備をしておりますから」

招かれたキッチンは個人の家にしてはずいぶんと広い上に、ダイニングルームも備わっていた。

「前にお邪魔したときも思いましたけど、やっぱりすごいですね、このキッチン」

龍が素直な感想を口にすると、

「仕事場はこれくらい、ゆったりしてませんとね」

女性は緩やかに微笑んだ。

彼女の名前は竹中香苗《たけなかかなえ》。ここで料理教室を開いているのだった。喫茶ユトリロの常連である水野昇吉《みずのしょうきち》の知り合いで、以前に「DAGANE!」の取材のために紹介してもらい、名古屋と京都で雑煮《ぞうに》がどう違うか調べるため、白味噌を使った京風の雑煮を作ってもらったことがあった。

「そこにお座りくださいな」

勧《すす》められたのは対面キッチンの前に置かれたスツールだった。龍がそれに座ると、

「じつはわたしのほうからも鏡味さんに連絡しようかと考えてたところなんです。相談したいことがあって」

と香苗が言った。

「俺に？　何でしょうか」

「たいしたことじゃないんですけど、どう助言したらいいのかわからなくて困ってますの」

「どなたに助言を？」

龍が重ねて尋ねると、

「それなんですけどね……」

香苗は少し躊躇するように言葉を切ったが、すぐ気持ちを決めたように話しはじめた。

「わたし、鏡味さんと同い年の甥がいるんです。大学を卒業して今は港区《みなと》にある寝具の会社に勤《つと》めてるんですけどね。その子がこの前、困ってるって相談してきたんです。甥は営業で得意先を車で回る仕事をしているんですけど、まだ不慣れだからって先輩社員と一緒

に出かけてるそうなんです。でね、その先輩が少し変わってて、お昼に甥が母親――わたしの妹ですけど――に作ってもらった弁当を食べてたら、とても嫌な顔をして『何だそれ？　そんなもの、よく食えるな』と言われたそうなんです。甥が『何がいけないのでしょうか』と尋ねたら『そのカレーだよ』と言われたそうで」

「カレーですか。それが先輩には気に入らなかったみたいで」

「ええ。甥は子供の頃からカレーさえ食べていれば満足するような子でしたから、妹が弁当に持たせたんです。それが先輩には気に入らなかったみたいで」

「カレーが嫌いなひとも、いますからねえ。俺の高校時代の友達にもひとり、カレー嫌いがいました。『カレーも嫌いだが、世の中の人間全部がカレー好きみたいになってる風潮《ふうちょう》が我慢できない』って言ってましたね。でも……」

「でも？」

「あ、いいです。ちょっと気になっただけなので。それで甥御さんはカレーを弁当に持っていけなくなって困ってるんですか」

「そういうことではないんです。先輩と一緒に仕事をするときはカレーを持っていかないようにしようって決めたそうなんで、それはそれで解決したんですけど、でもね、問題はそれで済まなかったんですよ。先日、休みの日に甥が伏見通《ふしみどおり》を歩いてたら、たまたまその先輩を見かけたそうなんです。それがね、ココイチから出てきたんですよ」

「ココイチ……カレーハウスＣｏＣｏ壱番屋《いちばんや》ですか」

思わずフルネームで言ってしまう。香苗は頷いて、

「そのココイチです。財布にレシートを仕舞い込みながら出てきたそうです。つまりカレーを食べたんですね。先輩はカレー嫌いだって思ってた甥はびっくりして、そして不審に思ったそうです。どうして先輩はカレーが好きなのに自分の食べてたカレーを嫌ったんだろう。もしかしてカレーは口実で、自分に厭味《いやみ》を言いたかっただけではないのか。ということはつまり自分はあの先輩に嫌われているのじゃないか。そう思いはじめたら気になって、とても不安になってしまったんだそうです。それで気に病《や》むあまり、会社を辞めてしまおうかとまで考えはじめているみたいなんです」

大袈裟な、とは思わない。そういう些細《ささい》なことが心の中で大きく膨《ふく》らんで自分を押し潰《つぶ》していく。そのことを龍自身が誰よりもよく知っていた。自分が大学を休学したのも、まさに些細なことの積み重ねが原因だったからだ。

「相談されて、わたしも困りました。そんなことで辞めようなんて考えずにもっと頑張れと言いたい気持ちもあるんですが、それがあの子を追いつめることになるとしたらと思うと、うっかり口を出すこともできなくて。こういうとき、若いひとになんと話したらいいのか、同じ世代の鏡味さんに意見を伺《うかが》いたかったんです」

「そうですねえ……」

龍は考え込む。たしかに安易《あんい》な励《はげ》ましは彼を傷付けることになりかねない。かといって辞めればいいと軽々しく言うこともできないのだろう。どうしたらいいのだろうか……。

考えているとき、ふと先程の違和感を思い出した。自分は何が気になったのか。

「えっと……」

「え？」

「あ、ちょっと待ってください。さっき俺は……そうだ、先輩の言葉が気になったんだ」

「どういうことですか」

「そのひとは甥御さんがカレーを食べてるのを見て『何だそれ？　そんなもの、よく食えるな』って言ったんですよね？」

「ええ、そう聞いてます」

「でもそれって、ちょっと妙ですよね。カレーなんて当たり前に誰でも食べてるものなのに、どうして先輩は『何だそれ？　そんなもの、よく食えるな』なんてゲテモノを食べてるみたいな言いかたをしたんでしょうか。たとえ自分がカレー嫌いだったとしても、カレーを食べることが常識外れであるみたいな表現はしないと思うんですよ」

「そう言われれば、そうですね。でも、どうしてでしょうか」

香苗も気付いたようだった。龍は続ける。

「ひとつ考えられるのは、甥御さんが食べていたカレーが普通ではなかったということです。何か変わってるところがあったりしませんでしたか」

「変わっているって……妹が作ったカレー弁当は、わたしたち姉妹も母親に作ってもらっていたもので、特に変わったところはありませんけどねえ」

香苗は首を傾《かし》げる。

「わたしたちの母も料理好きで、結構工夫《くふう》をするのが上手だったんですよ。弁当のカレーも最初から弁当に入れることを前提として極力油分を減らしてました。カレーって冷《さ》めると油が固まって食感が悪くなるんですよ。それとタマネギをずっと煮込んで甘みを引き出すのも我が家流の作りかたです。こうすると冷めてても美味しくいただけるんです」

「ちょっと、ちょっと待ってください。もしかしてカレー弁当って、冷めたままのを食べるんですか」

「もちろんです。学校には電子レンジとかもありませんでしたから、わたしたちは持ってきたまま食べてました」

「甥御さんも？」

「そうだと思います」

当然のことのように、香苗は答える。

「ああ、なるほど」

龍はやっと得心した。

「それですよ。先輩が『そんなもの』と言ったのは、冷めたカレーのことです」

「え？　なんでですか」

香苗はきょとんとしている。

「竹中さんの家族には普通でも、冷めたカレーを冷たい御飯にかけて食べるようなことを、先輩はしたことがないんでしょう。カレーライスは熱々のものというのが、そのひとの常識なんですよ。だから我慢できずに甥御さんの弁当を貶しちゃったんです」

「そんなことで？　冷たいカレーなんて誰でも食べるでしょ？」

香苗はまだ納得できていないようだった。

「もしかして鏡味さんも、カレーは温かくないと食べられないですか」

「俺も、冷たいカレーは食べたことないです」

「弁当に持っていかれたことは？」

「ありません」

「……はぁ」

香苗は深いため息のような声を洩《も》らした。

「我が家の常識は他家の非常識、と言いますけど、まさかカレーでこんなことがあるとは。この歳《とし》になるまで気付きませんでした」

「甥御さんも冷たいカレー弁当が当たり前な環境で育ってきたから、先輩が何に拒否反応を示したのかわからなかったんでしょうね。決して甥御さん自身が嫌われたわけではないと思います。まだ気になるようだったら、甥御さんから先輩に訊いてみればいいと思います。『うちは冷めたカレーを普通に食べてましたけど、先輩のところは違うんですか』って。『冷めたカレーを食べる家なんて聞いたことがない』とか言われるかもしれませんけど」

「それもコミュニケーションのひとつだと、甥には言いましょう」

香苗は微笑んだ。

「やっぱり鏡味さんに相談してよかったです。わたしには気付けませんでした。ありがとうございます」

「いえ、たいしたことじゃありませんから」

と、龍は謙遜《けんそん》する。

「いえいえ、たいしたことですよ。じゃあ、今度は鏡味さんの相談事を伺いましょうか。何かわたしにできることがありますでしょうか」

香苗に促《うなが》され、

「はい、竹中さんの料理人としての経験と知恵に助けていただきたいことがあるんです」

龍は宣隆から強引に天むすの新しいメニューを考案するよう指示されたことを話した。

「天むすですか。あれ美味しいですね。わたし好きです」

「俺も好きです。でも食べるのが専門で、料理を作ったり、ましてやメニューを考えたりなんてこと、まったくの未経験なんです。なので……」

「面白い天むすを考えるんですね。でも難しいですね。天むすは御飯と海老天と海苔だけでできてますから、アレンジする幅はそれほど広くないでしょう。天ぷらの具を海老以外のものにするのは簡単ですけど、そういうのはすでにいろいろなお店でやってるでしょうね」

「思いつくのはイカ天とか鶏天《とりてん》とかでしょうか。少しひねってイモ天、ゴボウ天、鱚天《きすてん》、穴子天《あなごてん》……ありがちですかね」

「そうですねえ……」

香苗は考え込んでいたが、ふと思いついたように冷蔵庫を開いて中を覗き込む。

「これなんかどうでしょう」

出してきたのは「風来坊《ふうらいぼう》」と書かれた黄色い紙パックだった。

「手羽先唐揚げ、ですか」

「昨日食べきれなかったのを保存してたんです」

蓋《ふた》を開け、中に残っていた手羽先を取り出す。

「これを具にするんですか」

「このままだと食べにくいですから、手を加えましょう」

包丁を使って骨を抜き取る。

「これに衣を付けてもう一度揚げると、より天むすらしくなりますが、少ししつこくなるかもしれませんね。御飯もあるので、とりあえずこのまま握ってみましょうか」

冷凍してあった御飯を電子レンジで解凍し、それで手羽先を包みながら小さなおにぎりにする。それを三つ作ると海苔を巻いて皿に載せ、龍の目の前に置いた。

「食べてみてください」

「ありがとうございます。いただきます」

おにぎりを手に取り、食べてみる。

「……美味しいです。手羽先の濃い味が御飯に合ってますね」

香苗もひとつ取って口に入れた。

「……うん、間違いのない味です。ただ面白いかと言われると、いささか心許《こころもと》ないですが」

「叔父の言う『面白い』の意味が、よくわからないんですよね。多分、見た目重視だと思うんですけど」

「見た目ですか。いっそ大きくするとか。でもそれでは天むすではありませんよねえ」

「そうですねえ……」

龍は残るひとつの手羽先むすびを見つめる。

思い出したのは、自分でブレンドしたあのコーヒーのことだ。プロの発想からは生まれないユニークなブレンド。

常識から離れて考えてみたら……。

「……今、ひとつ疑問に思ったことがあるんですけど」

「何でしょうか」

「おにぎりの御飯って、白飯が当たり前ですよね。あれ、なぜなんでしょうか」

「それは……あまり考えたことがなかったですね」

一瞬考えに詰まったような顔になったが、香苗はすぐに、

「でも五目御飯をにぎったりすることもありますから、必ずしも白い御飯でなければならないということもないでしょう。あ、でも白い御飯でないときには御飯自体に味が付いていて、具は入れませんね。ということは具の味と喧嘩《けんか》しないようにしているのか。いや、そもそもおにぎりというのは手に塩をして白い御飯をにぎっただけの塩にぎりが基本ですしねえ……」

喋《しゃべ》りながら考えをまとめているようだった。

「……結局、固定観念だと思います。先程のカレーの話ではありませんが、自分が普通だと思っていることは世間でも当たり前だと思ってしまう。具の入ったおにぎりは白い御飯でないといけない、というような。でも美味しければ、何でもありでしょう。料理という

のは、そういうものです」

「美味しければ……」

――今はゆかり御飯が一番美味しいけどねえ。

千代の言葉が不意に脳裏《のうり》を過《よぎ》る。

「……あの、御飯にゆかりを混ぜるというのはどうでしょうか」

「赤紫蘇《あかじそ》のゆかりですか。それはごく普通にあるものですね。でも、それを天むすにするひとは、あまりいないかもしれない……ちょっと待ってくださいね。たしか冷蔵庫に使い残りがあったはずです」

香苗は冷蔵庫からゆかりのパックを取り出してきた。それを解凍した御飯に混ぜ、先程と同じように骨を抜いた手羽先唐揚げを入れて握った。

龍は出来上がった天むすを食べてみた。

「……ゆかり御飯も美味しいし、手羽先も美味しい。でもこのふたつを一緒に食べると、味がぶつかる感じがします」

正直な感想を言う。香苗も天むすの味を確かめ、頷いた。

「鏡味さんの言うこと、わかります。主役がふたりいるみたいですね」

「でも白飯でない天むすというのは、見た目にも変わってていいと思うんですよ」

「最近ではキャラ弁を作るときに色付きの御飯を使ったりしますよね。赤ならケチャップを使いますし黄色は茹《ゆ》で玉子の黄身、緑は枝豆や青菜を刻《きざ》んで入れたりします。どれも多少は味付きになりますけどね」

「キャラ弁かあ。ゲームに登場する食べ物って設定なら、それでもいいかなあ。でも……」

「イメージと違いますか」

「自分の中にあるものと合わないんですよね」

「鏡味さんは、なかなか頑固《がんこ》でいらっしゃる」

香苗は微笑を浮かべた。

「ならばひとつ、思いついたことがあります。それほど御飯の味を変えることなく、見た目は変える方法が」

「あるんですか、そんなのが？」

「今日はまだお時間あります？　御飯を炊《た》くのに少し待ってもらわないといけませんけど」

「俺はかまいませんけど、竹中さんは大丈夫なんですか」

「こうなったら納得できるまでやりましょう。ついでに具の試作も。やってみたいことがありますので」

香苗は軽くウインクしてみせた。

「鏡味さんのおかげで、ちょっと心に火が付きましたわ」

6

三日後、閉店後の喫茶ユトリロに正直と敦子、そして宣隆が集まっていた。

「龍の奴、何やってるんだ？」

宣隆が腕時計を見る。

「ずいぶん手間取ってるみたいだが」

「家のお勝手で一生懸命料理しとったよ」

敦子が言う。

「あんたが頼んだことだがね」

「俺はアイディアを考えろって言っただけで、別に料理までしろとは言ってないんだけど」

「もうちょっと待ったげやあ。あの子も一生懸命なんだで」

「そんなに大層なことじゃないんだよ。ちゃちゃっと考えてくれればいいんだよ。難しいことじゃないいんだしさあ」

かちゃり、と正直が音を立ててコーヒーカップを置き、息子に眼を向ける。何か言いそうになったとき、奥のドアが開いて龍が姿を見せた。

「遅くなってごめん。慣れないんで時間配分がわからなかった」

手にはラップをかぶせた大皿が載せられている。

「それが、おまえの考えた天むすか」

「そうだよ。叔父さんのリクエストで作ってみた」

普段は客が使っているテーブルにその大皿を置くと、ラップを剝《は》がした。宣隆は皿に載っているものをまじまじと見つめる。

「……これ、何だ？」

「だから、天むすだよ。ちょっと変わってるけど」

「飯の中に何か粒が混ざってるぞ。黒いのと赤いのが。赤飯か」

「違うよ。古代米」

「こだいまい？　何だそれ？」

「稲の野生種に近い品種のことだよ。実際に古代に食べられていた米ってわけじゃないみたいだけど。雑穀《ざっこく》の一種かな。赤米とか黒米とか緑米とかいろいろあるけど、今日は各種ブレンドされたものを普通の米に混ぜて炊いてみた。これでも充分に見た目が変わるでしょ」

「飯の中にある色が赤くて小さめのが赤米か。で、この黒い胡麻《ごま》みたいなのが黒米なんだな」

「そう。食べてみてよ」

甥に促され、宣隆はおにぎりをひとつ手に取る。

「じいちゃんもばあちゃんも食べてみて。うまく握れなくて見栄《みば》えはよくないけど、味は変わらないと思うし」

たしかに歪《いびつ》な形をしたおにぎりだった。海苔の巻きかたもきれいにはできなかった。数時間をかけて奮闘した結果が、これだったのだ。

「じゃ、いただこうかね」

敦子が手を伸ばす。正直も手に取った。

「じゃ、いただきます」

三人は天むすを口に入れた。それぞれ無言で咀嚼《そしゃく》する。龍も無言で反応を待った。

「うん、美味しいわ」

最初に感想を言ったのは、敦子だった。

「この御飯、ちょっと香ばしい風味があるわね。それにぷちぷちしとる」

「それが古代米の特徴だよ。白米より硬《かた》めでタンニン系やアントシアン系の色素が入ってるんだ。味付きの米と違ってあくまで米の風味だけど、白米と一緒に炊くことで渋味や苦みは緩和されて、わりといい感じになってると思う」

「御飯全体はもちっとしとるね」

「この古代米が糯米《もちごめ》だからだよ。混ぜると全体がおこわみたいな食感になるんだ」

龍が話していることは、半ば香苗からの受け売りだった。

「名前は一応『いにしえの天むす』にした。古代米を使ってるって意味でもあるし、ゲームのアイテムっぽい雰囲気《ふんいき》にもなるかなって」

「この天ぷらは何？　鶏肉みてゃあだけど」

敦子が訊く。

「そう。手羽先だよ」

「手羽先？　唐揚げかね？」

「いや、唐揚げを天ぷらにするとくどくなるから、骨を外した手羽先にタレで味を付けて揚げてみた。天むすと手羽先唐揚げの折衷案《せっちゅうあん》みたいなものかな」

これも香苗の言葉だった。

「手が込んどるねえ」

敦子が感心しながら、

「宣隆、どうだね？　ええんでないかね？」

息子に感想を尋ねた。

「いいんじゃない」

宣隆は、あっさりと言った。

「これでいいよ」

「合格ってこと？」

龍の問いかけに、

「うん合格合格」

あっさりと答えた。

「そ……それなら、いいんだけど」

龍は戸惑いながら頷いた。

「でも何か、こうしたほうがいいとか、そういうの、ない？」

「別にいいよ。食えないものじゃないしさ。それで充分——」

「宣隆」

正直が息子の言葉を遮った。

「龍は、おまえに頼まれてから真剣に考えていた。知り合いに相談したり、料理なんて慣れてないのに試作していた。なのにおまえは、そんな態度か」

「そ……そんなことは……」

突然父親に叱咤《しった》され、宣隆は絶句する。

「そうだよ。龍は頑張っとったに。そういう態度はようないよ」

敦子も息子を窘《たしな》める。

「あ、いや……そういうつもりはないって。『いにしえの天むす』ってネーミングも悪くないし。感謝はしてるよ。うん、感謝してる。ちゃんと謝礼も払うし」

「当然だ」

正直は言った。

「相応の謝礼を支払え」

「あ、俺は別に謝礼なんて――」

言いかけた龍を、正直は視線で黙らせた。

「仕事をして報酬《ほうしゅう》を求めないのは、仕事に対する敬意がないのと同じだ。ちゃんと受け取れ」

「あ……はい」

龍が頷くと、正直は彼が作った天むすをもうひとつ食べた。そして言った。

「古代米を使うなら炊く前に二時間くらい水に浸《ひた》せ。天ぷらは揚げすぎだ。それと海苔は一度炙《あぶ》って香ばしさを引き出したほうがいい」

「……はい」

龍が神妙に頷くと、正直が付け加えた。

「だが、アイディアはいい。これは美味いものになる」

「……ありがとう」

龍は戸惑いながら、礼を言った。

「でも、たくさん作ったわねえ」

敦子が言う。天むすはまだまだ残っていた。

「今日の夕飯、これにするわ。お母さんも食べてくれるて、きっと」

7

正直がトレイに広げたコーヒー豆をひとつひとつ検分し、中からひとつふたつと選《え》り分けていく。省《はぶ》いた豆を龍がまたひとつずつ調べていく。色が黒かったり割れているものばかりだった。

「これを省かないと、どうなるの？」

「味に雑味が出る」

「どこの店でも、こういうことしてるの？」

「やっているところは、やっているだろう」

「やらなくてもいいってこと？」

「いいかどうかは、コーヒーを淹れる者が決める。そして客が決める」

「……なるほど」

龍は納得した。

「この不合格の豆、俺にくれないかな」

「どうするつもりだ？」

「飲んでみたい。雑味ってどんなのか確認したい」

正直は孫の顔をちらりと見て、

「捨てないでおく」

とだけ言った。

選別が終わると正直は合格した豆をミルで挽き、これも使い込んでいる大きなホーローポットとネルドリップでコーヒーを淹れる。毎日何度もしている手付きに迷いはなく、すぐにコーヒーの香りが店内に広がった。その様子を龍はカウンター越しにじっと見つめる。

「面白いかね」

敦子が訊いた。

「面白いって言ったら、じいちゃんに失礼かもしれないけど、面白いよ」

龍は素直に答える。

「喫茶店の仕事って、いろいろやらなきゃならないことがあるんだな」

「そりゃあ、あるわね。コーヒーを淹れるだけじゃなくてね、パンをスライスしたり野菜を切ったり、スパゲッティを茹でたりお絞《しぼ》りを保温器に入れたりせなかん。あと、プリンも作っとかんとね。モーニングの茹で玉子もつくらなかんけど、これは今でもお母さんの仕事だで」

そう言って敦子は茹でたての玉子をボウルに入れた。

「そういや、宣隆の店、昨日開店だったね。うまくやっとるのかねえ」

「昨日連絡があった。客はそこそこ来てるって」

「ほうかね。ならいいけどね。あんたも苦労したし」

「苦労ってほどじゃないよ。古代米の天むす、あんまり出なかったみたいだし」

「ほうかね。でも、初日だからすぐに結果は出んわね。気を落とさんとね」

「うん」

龍は曖昧《あいまい》に応じたが、じつはそれほど落ち込んでもいなかった。

——おまえの天むす、注文した客がひとりいたんだけどな。

昨夜、電話で宣隆がおかしそうに話した。

——帰り際に『美味しかった。ごちそうさま』って言ってくれたぞ。

ふうん、と気のない返事をしてしまったが、電話を切った後で龍は、小さくガッツポーズをした。

美味しかった。そう言われることの嬉《うれ》しさを、初めて感じたのだった。

「そろそろ開店するでね」

敦子の言葉が龍を今の時間に引き戻した。腕時計を確かめる。午前六時五十九分。

敦子がドアの鍵《かぎ》を外して開くなり、

「おはようさん！」

元気な声をあげて一番乗りしてきたのは、常連の榊原だった。

「いつもの、ちょ」

「はい、モーニング、ホットでね」

その後ろからは岡田夫妻。水野も竹内もいる。

「皆さん、おはようさん。今日もええ天気だねえ」

晴々とした声で敦子が挨拶《あいさつ》する。それに応じながらがやがやと賑やかに入店してくる客たちを見て、龍は頬を緩めた。

第3話

納《な》屋《や》橋《ばし》饅頭《まんじゅう》と優しい詐《さ》欺《ぎ》師《し》

1

二〇二一年度に一千万円以上の負債《ふさい》を抱えて倒産した飲食業は六百十二件で、前年度の七百八十四件を下回った。これは政府や自治体などによる資金繰り支援策や雇用《こよう》調整助成金の特例措置《そち》などが下支えしたものと考えられる。しかしその中で新型コロナウイルス関連倒産とされるものは三百九件で、前年度二百三件の一・五倍と大幅に増加した。いくつかの支援策があってもコロナ禍《か》の影響を克服《こくふく》できず、息切れして倒産する企業が増えているのだった。

一方で長く操業している、いわゆる老舗《しにせ》企業の倒産、廃業《はいぎょう》も増えている。これはコロナ禍前の二〇一九年度のデータだが、業歴百年以上の老舗企業の倒産、休廃業、解散件数は五百七十九件と前年度から約二十五パーセントも増えているという。

長く続けてきた企業ほど時代の変化に追従することができず、旧来の手法、設備、業態を更新《こうしん》することに失敗しやすい。加えて後継者不足も深刻な状態で、たとえ業績に問題がなくとも新しい経営者を迎えることができず廃業せざるを得ないケースが多々ある。

長年にわたる景気停滞と人口減少による顧客の購買力低下も深刻で、新たな収益手段を考えて再生するより損失が少ないうちに店を畳《たた》もうとする傾向も強いようだ。

そんな複数の要因が重なり、この国の経営者の多くはかつてない危機に直面している。それは企業の規模に関係なく、世界に冠たる大企業も、町の小さな個人経営者にも等しく訪れているのだった。

「そういや、納屋橋饅頭《なやばしまんじゆう》、もう無《の》うなったんだったな」

ユトリロのいつもの席で新聞を読みながらコーヒーを飲んでいた竹内匠が言った。

「なに、藪《やぶ》から棒に」

岡田美和子が応じる。

「いや、新聞の投書欄《らん》に載《の》っとるんだわ。納屋橋饅頭が無うなって寂《さび》しいって」

「ほだね。まあはい店を畳んでまったわ。ないとなると寂しいねえ」

「まさか納屋橋饅頭が無うなるとはなあ。あんなもん、いつだって食えると思っとった」

「わたしもだわ」

敦子が話に混ざる。

「ほんだで、もう何年も買《こ》うとらんかったの。こういう客ばっかだで店を閉めんならんかったのかもねえ」

「ほうかもしれんねえ」

みんな感慨《かんがい》深げに話をしている。

その中でひとり、龍《とおる》だけが話題に取り残されていた。

「あの……」

おずおずと問いかける。

「なやばしまんじゅう、って何ですか」

「あれ、龍ちゃんは知らんかね、納屋橋饅頭」

美和子が驚いたように訊《き》き返す。

「あ、はい……」

龍が申し訳なさそうに答えると、

「ほうかね。あれも名古屋のもんだで、しかたないかねえ」

と、しみじみ頷《うなず》く。

「昔からあった菓子だわ」

敦子が話してくれた。

「名古屋の者ならたいてい、子供の頃《ころ》から食べとると思うよ。お酒の香りがする薄皮でこし餡《あん》を包んだ饅頭だわ」

「酒が入ってるの？」

「入っとるんだろうね、よお知らんけど」

　祖母の話が少し心許《こころもと》なくなる。すると、

「日本酒を作るときに使う酒種《さかだね》と小麦粉を混ぜて皮にしとるんだ」

　岡田栄一が解説してくれた。

「あんた、詳しいんだね」

　妻の美和子が驚いたように言うと、栄一はいつものようにアイスコーヒーをストローで一口啜《すす》って、

「納屋橋饅頭は好きだったでな」

「そういやあんた、よお食べとったね。結婚したばっかのとき、一包み買ってきてわたしには全然くれんとひとりで食べてまって」

「そんな昔のこと、覚えとらんがや」

「わたしはよお覚えとるよ。何だろこのひとって呆《あき》れたもん」

「あの饅頭、はよ食べんとすぐに皮が硬《かた》なってまってねえ」

　仲裁代わりなのか敦子が夫婦の会話に割って入った。

「でも硬なったらなったで炙《あぶ》って食べるとこれがまた香ばしくて美味《おい》しかったわ」

「ああ、あれは美味《うま》かった。よお食べた」

竹内が懐《なつ》かしそうに、

「揚《あ》げても美味かったな。母ちゃんが天ぷらを揚げるときについでに揚げてくれたわ」

と言った。

「その納屋橋饅頭が、無くなったの？　どうして？」

龍が尋《たず》ねると、

「作っとる工場が閉鎖になったんだわ」

美和子が答えた。

「なんでも設備が老朽化《ろうきゅう》して、あかんようなってまったらしいわ」

「建て替えたらええのになあ」

竹内が言う。

「ああ、でもそれも難しいか。設備投資には金がかかるで」

「最近はそういうのが多いみたいだねえ。長い間やっとった店が、古うなっても直せんで潰《つぶ》れてくみたいだし」

そう言って美和子は周囲を見回しかけて、はっとする。

「あぁごめん。ここのこと言ったんでないからね。勘違いせんといて」

「いやいや、うちも同じだて」

敦子は軽い口調で返す。

「幸い喫茶店《きっさてん》はそんなに大きな設備は置いとらんけど、それでも厨房《ちゅうぼう》のコンロとかコーヒーミルとかが駄目になったら、たちまち立ち行かんようになってまうから。うちも綱渡《つなわた》りだわ。ねえ、お父さん」

店の奥に声をかける。夫の正直の返事がないのは承知の上のようだった。

「でもよう、もう食べれんと思うと無性に食べたくなるなあ」

竹内がしみじみとした表情で言う。

「俺《おれ》も行列に並んで買っとけばよかったわ」

「すごく並んどったみたいだものね」

「ああ、それだで面倒になって行かんかったけど、今思うと並んどけばよかったなあ」

あ、と龍は思い出す。そういえばテレビで饅頭を買うために行列ができている、というローカルニュースを観《み》た記憶がある。あれがそうだったのか。

「うちのひとは、並んだに」

美和子が夫を指差す。

「え？　栄一さん、あんた納屋橋饅頭買ったんかね？」

竹内が椅子《いす》から腰《こし》を浮かせた。

「ああ」

栄一は短く答える。

「だったら俺にも——」

「もう全部食った」

栄一は竹内に皆まで言わせなかった。

「なんだ。もうないのか」

「ない。俺ももう、食うことはできん」

その口調には若干《じゃっかん》の口惜《くや》しさが感じられた。

「いつでも食べられると思っとると、こういうことになるんだねえ」

美和子も寂しそうに言う。

「わたしも今のうち赤福《あかふく》たくさん食べとかんと」

「赤福は、なくならんでしょ」

敦子が笑いながら言葉を返すと、美和子は真剣な表情で、

「わからんて。今の世の中、何が消えてなくなるかわからんでね」

と、言った。

何が消えてなくなるかわからん……その言葉を龍は心の中で反芻《はんすう》する。子供の頃、よく遊んでいた公園にマンションが建てられたことを思い出した。もしかしたらあれが喪失感《そうしつかん》というものを味わった最初の経験だったかもしれない。あのときの文字どおり胸にぽっか

りと穴があいたような感覚を、今でも覚えている。

食べ物で言うなら、まだ母が元気だった頃、両親と一緒に通ったラーメン屋があった。そこで龍は生まれて初めてラーメンを一杯全部食べきった。それまでは母親の分を分けてもらっていたのだ。あのときの気持ちは今から思えば達成感のようなものだった。高揚《こうよう》した気持ちと共にラーメンの味もはっきりと記憶した。そのラーメン屋は母が亡くなって間もなく閉店した。店に貼《は》られた「閉店します」の文字と意味は父親が読んで教えてくれた。母との思い出もひとつ消えてしまったような気がして、ひどく悲しかった。

何が消えてなくなるか、わからない。公園もラーメンも、そして肉親も。

「あの……」

不意の声に追想が破られた。

いつもは榊原が定席にしている店の一番奥の席に座っていた若い男だった。龍の記憶にはない顔だ。彼は言った。

「納屋橋饅頭なら、食べられますよ」

「え？」

「ほんとかね？」

「どういうこと？」

岡田夫妻と竹内が同時に声をあげた。

「ほんとです。ほんと」

男は繰り返した。

「俺も閉店するって聞いて行列に並んでいくつか買ったんですけど、食べきれてない分を冷凍にしてるんです。よかったら、それをお分けしましょうか」

自分と同い年くらいだろうか、と龍は男を見て思った。小柄《こがら》で痩《や》せている。短めにカットした髪を先のほうだけピンクに染めていた。耳には金のピアス。英語のロゴが入った白Tシャツに髪色と同じピンクのレザージャケットを羽織《はお》っている。この時期まだ寒そうな格好だ。付けているマスクも淡いピンク色だった。

「ええんかね？」

男の提案に栄一が身を乗り出した。

「ええ、そんなに数がないので、十個入りの一箱分しかお分けできませんけど、それでよろしければ」

「ひとつでも食えれば充分だわ。ありがたい」

いつもあまり感情を表に出さない栄一が笑みを浮かべている。

「いくらで売ってくれるんかね？」

美和子が尋ねる。

「別に転売するつもりで買ったんじゃないんで、千五百円もいただければ。それでいいですか」

「ええよ。大歓迎《だいかんげい》だわ」

栄一がポケットから財布を取り出す。

「俺が金を出す。売ってちょ」

「あ、お金は品物を持ってきたときでいいです」

男は勢いづく栄一を手で制した。

「次はいつここに来れるかわからないので」

「ほうかね。でも、いつ来れるかわからんのだったら、どうしようかね」

「わたしが受け取って冷凍庫に入れとくわ。代金も立て替えとくし」

敦子が言った。栄一は相好《そうごう》を崩して、

「そうしてくれるかね。ありがたい」

と、礼を言った。

「じゃあ、来れる日がわかったら、連絡します」

男はそう言ってから、

「あ、LINEで連絡できるのが一番いいんだけど」

「ライン？」

栄一も美和子も首を傾《かし》げる。

「だったら、俺のところに連絡してください」

龍が手を挙げた。男はこちらを見て頷く。

「わかりました。交換しておきましょう」

龍はスマホを取り出し、自分のQRコードを表示する。相手がカメラでそれを読み取った。彼がしばらく操作していると、龍のスマホに着信が入った。登録名は「chikashik」だった。

「じゃあ、来れる日にまた連絡入れます」

「はい、よろしくお願いします」

龍が挨拶《あいさつ》すると、男は代金を支払って店を出ていった。

「若いのに親切なひとだねえ」

美和子が感心するように言った。

「格好が怖《おそ》いで、どういうひとかしゃんと思っとったけど」

「見た目にそぐわん、ええ子だったわ」

栄一も感服したようだった。

「プリンとか食べとった。好みもかわええが」

「でも、大丈夫かね、そんな簡単に信用して」

竹内だけは疑わしそうに、

「なんか話がうますぎせん？　あいつ、俺らを騙《だま》くらかしとれせんか」

「そんなことにゃあでしょ。金は後でええって言っとったし」

美和子が反論する。

「ほだわ。騙くらかすつもりなら先に金を取っとるで」

栄一も妻に同調した。

「ほだけどなあ……」

竹内はまだ疑わしそうにしている。

龍はたった今、男から届いたメッセージを見つめていた。仔犬《こいぬ》がぺこりと頭を下げ「よろしく」と言葉を添えたスタンプが使われていた。

2

ボウルの中には白い液体が入っている。ミルクだろうか。それを軽く掻《か》き混ぜてから玉子を三つ割り入れ、割りほぐす。

使い込んだ四角いフライパンにバターを落としてコンロに火をつける。バターがほとんど溶けたところで玉子を流し入れる。玉子は縁《ふち》のほうから泡立ちはじめる。菜箸《さいばし》でそれを内側に寄せつつ全体を手早く掻き混ぜていく。まだ全体が液体っぽいところで火を止め、さらに掻き混ぜる。そうしてほぼ全体がまとまったところで、からしとマヨネーズを塗《ぬ》ったパンの上に載せ、何も塗っていないパンで挟む。上から軽く押さえ、包丁で半分に切って皿に載せた。喫茶ユトリロ名物、玉子サンドの完成だ。

正直が無言で作り上げていく様子を、龍も黙って見ていた。湯気を立てるサンドイッチが目の前にある。薄めにスライスされたパンに挟まれ零《こぼ》れ出したりしないぎりぎりの柔らかさで仕上げられたスクランブルエッグは黄色く輝いて見えた。

「おい」

祖父が声をかけ、龍は我に返った。

「ごめん。すぐ持ってく」

玉子サンドの皿をトレイに載せ、ホットコーヒーと一緒に中二階の席へと向かう。

「お待たせしました」

コーヒーとサンドイッチをテーブルに置く。

「ありがとう。いただきますよ」

紳士《しんし》さんは礼を言って軽く頭を下げた。そしてマスクを外してコーヒーを一口啜り、出来立ての玉子サンドを口に運んだ。ゆっくりと味わう。

「今日も、とても美味しいですよ」

「ありがとうございます」

龍も一礼する。

「今日は奥様はいらっしゃらないのですか」

「祖母ですか。今朝はちょっと体調が良くないので休んでます」

そう言ってから、

「あ、コロナじゃないです。熱もなくて、ただ頭痛がするらしくて」

「それは心配ですね。大事ないとよろしいのですが。しかし奥様がいらっしゃらないと、朝は大変ですね」

「ええ、てんてこ舞いです」

龍は苦笑した。先程までモーニングサービス目当ての客たちの応対で右往左往していたのだ。

「でも、楽しいです」

「楽しいですか。それはよかった」

「はい」

そう言って龍はもう一度一礼し、一階に降りた。

「龍ちゃん龍ちゃん」

トーストを食べていた美和子が声をかけてきた。

「この前のひと、連絡あった？」

「この前の?」

「ほれ、納屋橋饅頭を分けてくれるって」

「ああ、あのひと。いえ、まだ連絡はないです」

「ほうかね。どうしたんだろうねえ」

「やっぱ食わせもんだったんじゃにゃあか」

竹内が口を挟んだ。

「話がうますぎるもん。納屋橋饅頭の話しとったら『納屋橋饅頭ありますよ』なんてな。俺の見るところだと、あいつは癖《くせ》もんだわ」

「そんな、人を見たら泥棒《どろぼう》と思え、みたいだがね」

美和子が言い返すと、

「真理だがね。理由もなく親切にしてくる人間は信用せんほうがええ」

竹内も譲《ゆず》らない。

「人間不信かね。寂しいねえ」

「寂しくなんかないわ。会社経営とかしとるとな、いろんな奴《やつ》が来る。『お得な情報を持ってきました』とか『絶対にお役に立ちます』とか言ってくる連中は十中八九、詐欺師《さぎし》か自分の儲《もう》けしか考えとらん奴らだわ。そんなの信用ならん」

「そういや、あんたは前に煮え湯を飲まされとったもんな」

竹内と美和子のやりとりを聞いていた榊原清治が言った。

「もう二十年くらい前になるか。あの詐欺師に引っかかったのは」

「言わんといて。思い出しただけで胸くそが悪くなる」

竹内は渋《しぶ》い顔になる。

「あの頃はまだ若かったで、人を見る眼《め》がなかったんだわ。だであんな詐欺に引っかかった」

「詐欺って、どんな？」

美和子が尋ねると榊原が、

「美和子さんも覚えとれせん？　前にこの喫茶店の常連だった男が『ええ金儲けがある』って言ってわしらから金を取ったの」

「忘れん」

ぼそり、と栄一が言った。

「俺も五万円、取られた」

「ああ、あれかね」

美和子も思い出したように言ったときだった。店の奥のドアが開いた。姿を現したのは、敦子だった。

「あれ敦子さん、大丈夫かね？」

「敦子さん、ええんかね?」

客たちが一斉に立ち上がる。敦子は困ったように微笑《ほほえ》んで、

「大丈夫大丈夫。ノーシン飲んだら楽になったで」

「ばあちゃん、休んでたほうがいいんじゃない?」

龍も気遣った。

「店のほうは何とかなってるからさ」

「ええて。もう大丈夫だで」

敦子は繰り返すと、エプロンを身に着けた。

普段は無口な正直もさすがに、

「無理するな」

と、声をかける。

「店は俺と龍でやれる。無理するな」

「大丈夫だって」

敦子はまた繰り返す。そして、

「ほんで、今は何の話しとったの?」

客たちの話に加わろうとする。

そのとき、一階天井《てんじよう》近くに長年据《す》えられているブラウン管テレビからアナウンサーの

声が流れてきた。

——愛知県警中川《なかがわ》警察署は高齢女性からキャッシュカードを騙し取ろうとしたとして、詐欺未遂《みすい》の疑いで、男を逮捕《たいほ》しました。

特に珍《めずら》しいニュースではなかったが、つい先程まで話題にしていた「詐欺」という言葉に客たちの注意が向いた。

——逮捕されたのは住居不定、無職の仮屋薗近《かりやぞのちかし》容疑者二十五歳で、中川区に住む八十二歳の女性からキャッシュカードを騙し取ろうとした疑いで逮捕されました。女性から金融機関を名乗る不審な電話があったと通報を受け周辺を警戒《けいかい》していた中川署の署員が、近くの公園でスーツに着替えようとしていた仮屋薗容疑者を発見、職務質問したところ、詐欺をしようとしていたことを認めたものです。

テレビにはマスクで顔の下半分が見えない男性が、警察官に囲まれて車から降りてくる様子が映し出されていた。

——仮屋薗容疑者は特殊詐欺グループの「受け子」役とみられ、スーツを着用して銀行員を装《よそお》うとしていたと見て捜査しています。

「あれ？」

声をあげたのは龍だった。

「あの髪……」

連行される容疑者の髪は先端がピンク色に染められていた。耳には金色のピアスも確認できる。

「あ！　あの男だが！」

同じく声をあげたのは竹内だった。

「ほれ、あの髪。納屋橋饅頭の男だわ」

「え？　ほんとかね？　わたし、見そびれてまったけど」

「そっくりだわ。きっとあの男だ」

「たしかに似とったね」

敦子も竹内に同意するが、

「でも……どうかねえ」

と、あまり自信はなさそうだった。

龍は自分のスマホを取り出し、ＬＩＮＥのアプリを起動させた。そして言った。

「……間違いないと思います」

「どういうこと？」

尋ねる美和子に、スマホの画面を見せた。

「あのとき交換したアカウントの名前が『chikashik』ってなってます。『チカシ・Ｋ』という意味だと思います」

「Kは仮屋薗のKか。たしかに間違いないな」

竹内は得心したように頷く。

「やっぱりあいつ、詐欺師だったわ」

「あれまあ」

美和子は口を半開きにして驚いている。

「あの子が詐欺師だなんて、まあ……」

「俺の眼に狂いはなかったな」

竹内は自慢げだった。

「オレオレ詐欺の片棒担《かつ》いで年寄りから金を奪おうだなんて、やっぱろくでもにゃあ奴だ」

「なんてこった……」

栄一が短く、しかし珍しく感情を露《あらわ》にして呟《つぶや》く。

龍にはしかし、違和感があった。

「ここではでも、親切だったんだけど。金も取らなかったし」

「それが奴の手だわ」

竹内は言った。

「納屋橋饅頭の件でわしらを信用させといて、後でもっと大きな詐欺に誘い込もうと企《たくら》んどったに違いないて」

「ほんと？　怖いねえ」

美和子が表情を強張《こわば》らせる。

「捕まってくれてよかったわ。ここの者は被害に遭《あ》わんかったし」

「詐欺のほうも未遂だったから、よかったねえ……」

敦子はそう言ってから、不意に頭を手で押さえた。

「ばあちゃん、やっぱりまだ頭が痛い？」

龍が気遣うと、敦子は首を振って、

「違うて。思い出そうとしたんだて」

「何を？」

「ちょっとね……かりやぞの……かりやぞの……？」

呪文《じゅもん》のように呟くと、カウンターの下にある棚から使い込んだ古いノートを取り出した。

表紙には手書きで「チケット」と書いてある。

「それ、コーヒーチケットを買った客の名簿だね」

美和子が言った。

「そう。チケットを買ってくれたお客さんの名前を書き留めてあるんだわ」

龍はレジの後ろの壁に貼られたコーヒーチケットの列に眼をやった。十一枚綴《つづ》りのチケットをコーヒー十杯分の値段で売る。店にずっと来てくれる常連客のためのサービスであり、店にとっても客を手離さないための工夫《くふう》で、名古屋の古い喫茶店では普通に使われているものだった。現在購入されているチケットは購入者の名前を書いて全部壁に貼り付けてある。客がコーヒーを飲むたびにチケットを一枚ずつ破いていくシステムになっていた。

敦子はチケット購入者の記録をずっとノートに書き記していた。今取り出したのも、昔に使っていた一冊のようだった。

「チケット買ったひと全部の名前を書いてあるの？」

龍が尋ねると、

「そうだよ」

当たり前のことのように答え、敦子はノートのページを捲《めく》る。

「えっと、たしか……あ、あったわ」

敦子はノートの一ヶ所を指差して龍に見せた。そこには祖母の手書きで「仮屋薗誠《まこと》」という名前が記されていた。

「仮屋薗……同じ苗字《みようじ》だね」

「どれどれ？」

竹内がノートを覗《のぞ》き込んでくる。

「ああ、ほんとだ。これ、同じ人間かや？」

「まさか。日付を見てみぃ。『平成14年』って書いてあるでしょ」

「平成十四年というと……二〇〇二年か。ちょうど二十年前だわな。たしか……あ、ちょっと待てよ。仮屋薗って……」

竹内は自分の頭を軽く叩《たた》いて、それから手を打った。

「間違いにゃあ。俺や栄一さんから金を騙し取った奴、あの男の名前だわ」

「それ、ほんとかね？」

美和子が眼を見開く。

「思い出した。そいつだ」

栄一も同意した。

「珍しい名前だってことは覚えとったが、そいつに間違いない」

「仮屋薗さん……」

敦子が記憶を甦《よみがえ》らせようと額《ひたい》を押さえる。

「……たしか、小さい子供を連れて来とれせんかった？」

「おお、連れて来とったわ。五歳くらいの男の子……」

そこで竹内の声が途切れる。

「そうか。あのときの坊主《ぼうず》が、あのピンクの髪の毛の男か」

「え？　そうなんですか」

龍は戸惑《とまど》う。

「こんな珍しい名前のもん、そうそうおらんだろ。絶対に間違いにゃあ。あいつが息子だ」

「なんとまあ、親子揃《そろ》って詐欺師か」

榊原がほとほと呆れたように言う。

「血は争えんって言いかた、こういうときに使いたくないけどねえ。でもねえ……」

「事実なんだから、しかたないが。親も親なら子も子だて。しょうもない」

竹内は、いまいましげに首を振る。

「でも逮捕されてほんとによかったわ。わしらには被害が出んかったで」

「ほだねえ。不幸中の幸いだて」

美和子も同意する。栄一は無言だが、やはり小さく首を振っていた。

「なんか、ねえ……」

敦子は途方に暮れたような顔をしている。

その様子を見て、龍は不安に駆られた。しかしその不安を口にすることはできなかった。

スマホに表示された「chikashik」からのメッセージを見つめる。よろしく、と頭を下げる仔犬は、邪気など微塵《みじん》も感じられないような顔をしていた。

3

ペーパーフィルターから落ちる黒褐色《こっかっしょく》の液体を、ガラスのポットが受け止める。やがて落下は滴《しずく》となり、途切れた。頃合いだ。

龍はペーパーフィルターを載せた陶製のドリッパーを除《の》けてポットのコーヒーをいつも使っているマグカップに注いだ。湯気が立ちのぼり、ユトリロの店内に染みついているのと同じ香りが鼻腔《びこう》を柔らかく刺激する。

その香りを肺いっぱいに嗅《か》ぎ、ゆっくりと啜った。口内に広がる苦みと香りを静かに吟味《ぎんみ》する。香ばしい匂《にお》いの中に、かすかに華やかさのようなものも感じる。これが説明にある「フルーツのような芳醇《ほうじゅん》な香り」というものだろうか。自信が持てないまま二口目、三口目と啜ってみた。美味しい。たしかに美味しいのはわかる。しかし微妙な味の表現が理解できているのか。そもそも自分の舌と鼻は違いがわかるのか。龍は眉間《みけん》に皺《しわ》を寄せ、カップを手にしたまま考え込んだ。

「何しとりゃあす?」

声をかけてきたのは、千代だった。散歩から帰ってきたらしい。百歳近いというのに足腰にはまだ自信があるらしく、歩行車を利用しながらではあるがひとりで外出することもできているのだった。

「ああ、コーヒーかね。店で飲まんと自分で淹《い》れとるの？」

「試してみたかったんだ。俺にも才能があるかどうか」

「才能？」

「コーヒーの味の違いがわかるかどうかってこと」

「ほうかね」

千代は卓袱《ちゃぶ》台《だい》を挟んで龍の向かい側にちょこんと座った。

「わたしもコーヒー、呼ばれてええかね？」

「あ？　うん、いいけど……ひいばあちゃん、コーヒー飲むの？」

曾孫《ひまご》が問うと、千代は皺を深くして微笑み、

「わたしも喫茶店やっとったんだでね」

「ああ、そうか。ごめん。ミルクとか砂糖とかいる？」

「ブラックでええわ」

「そう。じゃ」

龍はもうひとつマグカップを持ってきて、それにコーヒーを注いだ。

「まだ熱いから気をつけて」

「ありがと」

千代はカップを両手で包むように持つと、拝《おが》むようにしてから啜った。そして、ふっ、と息を吐く。

「美味しいわ。体がふわっとする。やっぱりコーヒーはええねえ」

「そう、よかった」

自分が淹れたコーヒーを褒《ほ》めてもらえて、龍は少し気分が晴れる。千代はさらに一口啜り、ほっと息をつく。

「これ、コロンビアかね？」

「え……？」

「豆だわ」

「あ……うん、そうだけど……」

龍は虚を衝《つ》かれて言葉を失う。

「……コーヒーの種類、飲んだだけでわかるの？」

やっとのことで尋ねると、千代は少し悪戯《いたずら》っぽい笑みを浮かべ、

「当て推量だて。でもこれでも昔はよおいろいろ飲んだで、少しはわかっとるつもりだでね」

「コーヒーの味比べとかしたの？」

「そう。お父さんと店に出すコーヒーの味を決めなかんかったでね」

お父さんというのは千代の夫で敦子の父、つまり龍の曾祖父《そうそふ》である稲造のことだ。昭和二十四年、まだ終戦から間もない頃にここで喫茶店を開いたと聞いている。

「店を開いたばっかの頃は物がなくてねえ、コーヒーも充分に手に入らんかった。代用コーヒーを出したこともあるわ」

「代用コーヒーって？」

「コーヒー豆の代わりにタンポポの根っこを焦《こ》がいて、お湯で煮出してコーヒーみたいにしたんだわ。ドングリを煎《い》ったのもあったわね。あんまり美味しなかったけど」

「へえ」

　想像もしなかった話だった。

「昭和三十年くらいになってやっとコーヒー豆も出回るようになって、でもまだ質のええもんはなかなか手に入らんでね、お父さんは西に東に駆けずり回って、ええ豆を仕入れたんだわ。それが次第《しだい》にたくさん豆が入るようになってきて、そうなればそうなったで少しでも美味しいもんを出したいでしょう。だでいろんな豆を試してみて、うちに卸《おろ》してもらう豆を決めたんだわ。そのときにわたしも、いろんなコーヒーを飲ませてもらって、味を覚えさせられたんだわ」

「そんなことがあったんだ。じゃあ今ユトリロで出しているコーヒーは、ひいばあちゃんがひいじいちゃんと試して決めた豆を使ってるの？」

「いやいや。今の豆は正直さんが選んだのを使っとるよ。代替わりするときにね、お父さんが正直さんに『おまえが一から豆を試して味を決めろ』って言うたんだわ。それで正直さんも一生懸命コーヒーの勉強をして、今の味を決めたんだて」

祖父の正直はもともと東京の人間で、転勤で名古屋にやってきてユトリロの常連となり、敦子に一目惚《ひとめぼ》れして鏡味家の婿《むこ》となり、会社を辞めて喫茶店の仕事を始めた、と前に千代から教えられた。

「お父さんのコーヒーは今よりもうちょっと味が苦くて濃かったね。最近のコーヒーはずいぶん飲みやすうなったわ。あんたもコーヒーの勉強をするんかね？」

急に問いかけられ、また龍は動揺する。

「あ……うん、ちょっと興味が出てきたから」

「喫茶店の仕事、やりたいんかね？」

「それは……どうかなあ」

はぐらかすべきかどうか考えた。でもなんとなく、千代には気持ちを言いたい気がした。

「俺、大学を休学してるでしょ。それでなんか、引け目っていうのか、ぼーっと過ごしてるのが罪悪感っていうのか、そんな気がして何かやってみたかったんだよね。でも何ができるかわからなくて焦ってて。そんなときじいちゃんにコーヒーの講習会に行ってこいって言われたんだ。そこでいろんなコーヒーの味とか香りとか試させてもらって。それがさ、結構面白かった。面白いっていうか、興味をそそられたんだよね。コーヒーって奥が深いなって。それでとりあえず、自分の好きなコーヒーを作ってみたくなったんだ。コロンビアが基本だってネットにも書いてあったから、とりあえず味を確かめようと思って」

「ほうかね。それはええことだね」

千代は頷く。そして不意に、

「龍、あんた、ユトリロを継《つ》ぎゃあ」

と、言った。龍は突然のことに、

「え？　俺が？　でも……」

言い訳をしようとして口籠《くちご》もる。千代は続けた。

「正直さんは自分の代で店を畳むつもりでおるけどよ、本心では誰《だれ》かに継いでもらいたゃあと思っとると思うよ。愛着のある店だでね。敦子も、それにわたしも、この店のおかげで生きてこれたしねえ」

「それは知ってる。でも……」

この先、ここで喫茶店を続けていけるかどうかわからない。正直もそれをわかっているから、いずれは店を閉めるつもりでいるのだ。曾祖母は昔のいい思い出しかないから無責任に継げと言うけど、そう簡単なものでは——。

「そう簡単でにゃあことは、よおわかっとるよ」

千代は言った。

「リニアだったかね？　そういうもんのせいでこのあたりが変わってくのも知っとる。それでのうても昔からの店がどんどん潰れてまったし、この先どうなるかわかれせん。でもね、今の若い子でもコーヒーは飲むでしょ。お腹《なか》が空《す》いたらお昼をいただくでしょ。人間のそういうところは変わらんの。だでユトリロも新しいひとが好《す》くようにすれば、きっとこの先も続けていくことができるて。もしもあんたがやりたいなら、やってみやあ」

どう応じたらいいのか、龍にはわからなかった。困った顔をする曾孫を見て、千代はまた笑う。

「これは年寄りの勝手な言いぐさだで。あんまり真剣に考えんといて。無理言ってごめんね」

そう言って彼の肩を叩き、ゆっくり立ち上がって自分の部屋に戻っていった。

龍は残っているコーヒーをまた飲んだ。少し冷《さ》めて酸味が感じられるようになっていた。なるほど、こういう変化もあるのか、と心の隅《すみ》で思う。しかし頭の大半は、千代に言われたことが占《し》めていた。

——あんた、ユトリロを継ぎゃあ。

いきなり目の前に道を示されたような気持ちだった。しかしその道は、どう考えても平《へい》坦《たん》ではなかったし、先があるとも思えなかった。龍はマグカップを持ったまま、考えつづけた。

4

その記事は朝刊の社会面に小さく掲載されていた。

【特殊詐欺受け子、不起訴《ふきそ》に】

検察は特殊詐欺の受け子として八十二歳の女性から金を騙し取ろうとして逮捕された二十五歳の男性を不起訴処分とした。不起訴の理由は明らかにしていない。男性は金融関係の職員を装うため公園でスーツに着替えようとしているところを警察官に発見され逮捕されたもの。

ユトリロ店内に置いてある新聞で龍はその記事を読んだ。今日も店内は常連客で賑《にぎ》やかだ。しかしこの記事のことを話題にしている様子はない。

龍はもう一度記事を読んだ。多分間違いない。

仮屋薗近が逮捕されてから二週間あまりが過ぎていた。逮捕から起訴不起訴が決まるまでどれくらいの時間がかかるのか知らなかったが、この「二十五歳の男性」が彼であるのは確かだろう。不起訴になったということは、もう拘置所《こうちしょ》から出ているのだろうか。

龍はスマホのＬＩＮＥアプリを開いた。そして「chikashik」という文字列を見つめた。

どうするべきか……。

迷っていたとき、店のドアが開いた。

「いらっしゃい。おや、こんな時間に珍しいねえ」

敦子の声に顔を上げると、本間一真《ほんまかずま》が戸口に立っていた。いつもユトリロのモーニングサービスで朝食を済ませてから会社に行くサラリーマンで、午後のこんな時間に顔を見せることは今までなかった。

「どうも」

のっそりと入ってくると、なんとなく気まずそうな顔で、

「これ、皆さんで」

手提《てさ》げの紙袋を差し出した。赤いハイビスカスの花とデフォルメされたシーサーのイラストが描かれている。

「沖縄、行ってきたんで」

「なに、もしかして新婚旅行かね？」

訊いてくる美和子に、本間はもじもじと顔を赤らめる。どうやら図星だったようだ。

「あれまあ、おめでとう！」

敦子が満面に笑みを浮かべる。

「そうかあ、とうとう結婚したか。よかったよかった」

榊原が身内のことのように喜ぶ。

「でも、いつの間に結婚式したんかね？　聞いとらんぞ」

「いえ、結婚式は……まだです」

本間は申し訳なさそうに言う。

「こんなご時世なんで客が呼べなくて。だからもう少し落ち着いたらやればいいって言われて」

誰に言われたのか、龍にはわかる。本間のお相手である平山萌《ひらやまもえ》の父親は、そういうことに煩《うるさ》そうなひとだった。

「もう、一緒に住んどるんかね？」

敦子が尋ねると、

「来週、新しいマンションに引っ越すことにしてます」

「どこだね？」

「本陣《ほんじん》のほうです。なので……もうこちらで朝飯を食うことも……」

「恐縮せんでもええがね。おめでたいこったもん」

敦子はにこにこして、

「たまにはまた奥さんと店に寄ってちょ」

「はい、よろしくです」

頭を下げてから本間は思い出したように、中二階のほうを見上げて、

「水野さん、いないですかね?」

「ああ、水野さんならさっき帰ってったよ」

「そうですか。水野さんと紳士さんには挨拶したかったんだけど……」

本間の定席は中二階で、彼が朝食を摂《と》っているときは同じく常連の水野昇吉と紳士さんが来ている。なので自然と彼らと親しくなっていたようだった。

「いいです。また挨拶に来ます……あ、でも当分は引っ越しの準備とか会社の仕事とかで来られないな。どうするかな……」

少し考えているようだったが、ポケットに手を入れると紙の包みを取り出した。

「これ、水野さんに渡しておいてくれませんか。同じかどうかわからないけどって」

「水野さんにかね?　わかった。渡しとくわ」

敦子が紙包みを受け取った。

翌日、龍は朝からユトリロで店の手伝いをしていた。

「敦子さん、いつもの」

「水、ちょ」

「コーヒーおかわり」

客たちの注文に、はいはいと返事をしながら敦子は忙しく動き回る。龍は中二階の担当だ。

「これ、水野さんに持ってって」

「はい」

ホットコーヒーとトーストとゆで玉子のモーニングセットを渡され、龍は階段を上がりかける。

「あ、ちょっと待って」

敦子がエプロンのポケットから皺の寄った紙包みを取り出し、龍が捧《ささ》げ持つトレイの片隅に置いた。

「これも渡しといて。本間さんからだって」

「わかった」

コーヒーをこぼさないよう気をつけながら階段を上がる。中二階には水野ひとりがいた。手摺《てす》りに寄りかかるようにして、テレビを見ている。

「お待たせしました」

彼のテーブルにコーヒーその他を置いた。

「あの、これ」

そして、例の紙包みを置く。

「本間さんからです」

「本間？」

水野は怪訝《けげん》そうな顔になった。

「引っ越すのでもうここには来られないって。これを水野さんに渡してほしいって言われました」

「引っ越し？　あいつが？　ああ、やっとか」

納得したように水野は頷く。

「あいつ、煮え切らんことばっか言っとったけど、やっと腹を括《くく》ったか」

「沖縄に新婚旅行に行ったそうです」

「もうはいや？　気の早いこったな」

水野は笑ってから、

「……寂しゅうなるな」

と、呟いた。龍は少し不思議な気持ちになった。水野と本間の間にコミュニケーションがあったとは気付いていなかったのだ。

ずっと続けていた靴《くつ》職人の仕事から引退し、妻も亡くして今は独《ひと》り暮らしをしているのは知っている。ユトリロにやってきてても言葉は少なく、ずっとテレビばかり観ていた。それでいて日に何度もやってくる。もしかしたらこの店以外に出かけるところがないのかもしれない。そんな水野を孤独《こどく》な老人と思い込んでいた自分に気付く。水野はここで年下の友人を得ていたのだ。

中二階は一階と違って眼が届きにくい。なのでここで作られている交友関係については把握《はあく》できていなかった。

「そんで？　あいつはわしに何をくれたんだ？」

そう言いながら紙包みを破る。中から出てきたのは茶色い色をした、ころんとした物体だった。端に銀色のチェーンとリングが付いている。

「キーホルダーですね。これは……シーサーかな？」

陶製か、あるいは陶器っぽく見せかけた樹脂製《じゅしせい》か、座り込んだ格好の丸っこいシーサーがにっこりと微笑んでいる。

「……ああ……」

水野が声を洩《も》らした。

「ああ……ああ……そうか」

瞳《ひとみ》が潤《うる》んでいた。

「どうか、したんですか」

尋ねていいものかどうか迷いながらも、龍は訊いた。

「いや、あいつな、覚えとったんかと思ってな。ちらっと話しただけなのに」

水野は見つめていたキーホルダーをテーブルに置いた。シーサーはぺたんと座り込んだ。

「一度だけ、沖縄に行ったことがあるんだわ。あれは、新婚旅行みたいなもんだった。仕事が忙しくて、遠いところに旅行なんかせんかったけど、あのときだけはな。那覇《なは》の国際《こくさい》通りに行って土産《みやげ》を買った。俺は女房に琉球《りゅうきゅう》ガラスのペンダントを買ってやって、女房は俺にキーホルダーを買ってくれた。茶色いシーサーがちょこんと座っとる格好のキーホルダーだった。女房はずっとそのペンダントを身に着けとった。俺もキーホルダーに家の鍵《かぎ》を付けてずっと使っとった。何十年もな」

水野は言葉を切り、コーヒーに口をつけた。これから言おうとしていることを、言い渋っているようだった。

「……あれは、いつだったかな。子供もふたり生まれて、その子らが学校に入った頃か。女房と大喧嘩《おおげんか》してまった。原因は……つまらんことだ。でも全面的に俺が悪かったが、謝らんかった。それでよけいに拗《こじ》れて、言い合いになって、俺は家を飛び出した。しばらく帰らんかった。ずっと仕事場に籠《こ》もっとった。何日か経《た》っておそるおそる家に帰ってみたら、女房の姿がなかった。子供たちもおらんかった。各務原《かかみがはら》の実家に帰っとったんだ。置き手紙があった。離縁したいと書いてあった。俺はそんとき初めて、ひとりぼっちになる怖さを感じたんだわ。両親も早くに亡《の》うなって結婚するまでずっと独りで生きとったのに、女房や子供たちがいなくなると思っただけでほんとに怖《こわ》なった。大急ぎで各務原に行った。そして女房や子供や女房の両親の前で頭を下げた。帰ってきてくれと。俺が悪かったと。女房は俺の言うことを黙って聞いとったんだが、俺にあの琉球ガラスのペンダントを差し出してな、これに免じて今回は許すと言ってくれた。俺はほっとして自分もあのとき買ってもらったキーホルダーを出した。そしたらな、シーサーが無うなっとったんだわ。ついさっきまで付いとったのに、慌てて走り回ったときに取れてまったみたいでな。すんごい気まずくなったんだけど、女房は笑ってくれた」

水野は着ているブルゾンのポケットから鍵の束《たば》を取り出した。束ねているのは小さなチェーンだけが付いたリングだった。

「今でもシーサーの無うなったキーホルダーを使っとる。思い出と、自分への戒《いまし》めのためにな。まあ、あれ以来浮気は一切せんかったけど」

そうか、喧嘩の原因は水野の浮気だったか、と龍は心の中で合点《がてん》する。

「その話を本間にもしたんだわ。あいつが結婚に煮え切らんこと言っとったでな。そしたら『これから結婚しようかどうか迷ってる者にどうして夫婦喧嘩の話をするんですか』と怒られたわ。でもな、これから結婚しようと思っとる者にこそ、この話をしたかった。相手とはきっと、この先一生離れられん間柄になる。だからこそ、よう考えやあよとな。そしたらあいつ、無くしたシーサーのキーホルダーはどんな形だったのか、と訊いてきた。話の眼目はそういうとこでないがやと言ったんだけどよ、どうしても知りたいってな。今思うと、もう沖縄に行く予定を立てとったのかもしれん」

水野はシーサーのキーホルダーを鍵を束ねているリングに嵌《は》めた。

「でもなんで、わざわざこのキーホルダーを買ってくれたんかな？　意味がわからんのだが」

「わからなくても水野さん、嬉《うれ》しそうじゃないですか」

「そりゃあな、あいつが俺の話をちゃんと覚えとってくれたのが嬉しいから」

「それですよ。本間さんはここで水野さんとコーヒーを飲みながら話したことをちゃんと覚えてるって伝えるために、キーホルダーをお土産に買ったんです。そのシーサーは、ここでの思い出の記念なんでしょう」

「記念、か」

水野は表情を緩めた。

「しゃらくさいことするわ。なあ？」

同意を求められたが、龍は応じない。黙って考え込んでいた。

「どうした？」

「……あ、ごめんなさい。ちょっと考えごとしてたんで」

そのとき、一階から龍を呼ぶ敦子の声がした。店が立て込んできているようだ。

「お話、ありがとうございました」

一礼して立ち去ろうとしたが、ふと気になって訊いてみた。

「本間さんの買ってきたシーサーって、奥さんが買ってくれたのと同じものですか」

水野はあらためてキーホルダーを見て、

「いいや、全然違う」

そう言って、笑った。龍も笑った。

その日、モーニング目当ての客が去って店が静かになった頃、龍はスマホのＬＩＮＥアプリを立ち上げた。そしてメッセージを送った。

5

「四間道」と書いて「しけみち」と読む。

江戸時代、名古屋城築城と共に当時の中心地であった清洲《きよす》から移住してきた商人たちが作った町で、防火と商業活動のため道幅を四間《しけん》（約七メートル）に広げたため、この名が付いたという。名古屋の中心にありながら今でも当時の町並みが残っており、近くの円頓《えんとん》寺《じ》商店街と共に散策コースとしてよく取り上げられている。

そんな知識はネットで手に入れた。経路もスマホ頼りだ。龍はマップアプリを見ながらユニモール地下街を突っ切り、地下鉄桜通《さくらどおり》線国際センター駅の出口から屋外に出る。すぐに「四間道」と彫《ほ》られた石柱が見つかった。

たしかに古い民家のような家並みが続いている。その雰囲気《ふんいき》に合わせた食べ物屋やショップも多い。龍がやってきたのは平日なので人通りはそれほどでもなかったが、きっと休日には訪れる人も多いだろう。ゆっくり見て回りたい気持ちになったが、今はその余裕がない。龍は先を急いだ。

その店は苦労せずに見つけることができた。「喫茶ニューポピー」というプレートが掲《かか》げられていたからだ。その細い路地に入ると、すぐに店の入り口があった。木製のドアを開けて中に入る。店内も木の柱や白い壁を基調とした落ち着いた雰囲気だった。ユトリロと同じような中二階もある。だが全体的に新しい。

龍は店の中をざっと見回した。まだ来ていないようだ。入り口から見やすい席に座り、メニューを見る。コーヒーだけでもいろいろ種類があった。迷った末にニューポピーブレンドを注文する。

しばらく待って届いたコーヒーは一口啜ると爽快《そうかい》な味わいが広がった。これは飲みやすい。メニューにある「果実感のある酸味とクリアな舌触り」という文言が頷けるものだった。これなら何杯飲んでも大丈夫そうだ。

そんなコーヒーを半分ほど飲んだ頃、店に客がひとり入ってきた。髪の先端をピンクに染め、ピンクのレザージャケットを羽織っている。龍はカップを置き腰を浮かせた。相手もすぐに気付いて、向かい側の席に腰を下ろす。肩に掛けていたナイキのロゴ入りボストンバッグを隣の席に置いた。

「……どうも」

どう声をかけていいのかわからず、曖昧《あいまい》な会釈《えしゃく》をすると、相手——仮屋薗近も、

「どうも」

と言葉を返してきた。そしてやってきた店員に、

「コーラ」

とだけ告《つ》げる。そして黙り込んだ。

自分から話しかけるべきなのは龍にもわかっていた。会いたいとLINEにメッセージを送ったのは自分だからだ。何をどう話すべきかも、ずっと考えてきた。しかし彼を目の前にすると、どう切り出していいのかわからなくなる。龍はあれこれと考えた末に、言った。

「この店、よく来られるんですか」

「アパートから近いから」

ぼそりと近は言葉を返す。それきりまた沈黙に落ち込みそうなので、龍は急いで言葉を

足《た》した。

「このあたりに住んでるんですか」

「そう」

「あ……そうですか。でも……」

「でも？」

問い返されて少しどぎまぎする。

「あ、あの、ニュースでは住所不定、とか言われてました」

「らしいな。でも捕まったとき、警察には住所を言ったけどね。後で聞いたけど、俺の言った住所が正しいかどうか確認を取れてない時点でニュースになったから『住所不定』ってことにされたらしい。俺も前々からニュースとかで『住所不定』って多すぎないかって思ってたけど、そういうことなんだってさ」

「ああ、そうなんですか。ひとつ疑問が晴れました」

龍が言うと、近の表情が少し緩む。

コーラが運ばれてきた。彼はストローで一気に半分ほど飲み、

「それで、何を訊きたいの？」

と、尋ねられた。龍はなんとか頭の中を整理し、言った。

「受け子、でしたっけ、どうしてあんなこと、やったんですか」

「金のために決まってるだろ。誰だって金のために働くんだよ。それが法律に触れるか触れないかってだけで」

そう言ってから、近は、ふっ、と肩の力を抜くように息をついた。

「悪いことだってわかってたんだ。でもその分、実入りはよかったんだよ。前払いでそこそこもらえてたし。これも後から聞いた話だけど、この手の仕事で前払いってのは珍しいらしい。もしかしたら俺を雇《やと》った奴って少し良心的だったのかな。そんなことないか。年寄りの金を騙し取ろうなんて奴だもんな。とにかくさ、俺は指示されたとおりに動いて、金を取ろうとした。これは事実だ。初犯だから不起訴にしてもらえたけど」

「どうやって受け子になったんですか」

これは純粋に興味からの質問だった。

「ツイッターで募集を見つけたんだ。『即金、高収入。月百万の収入も可能。警察に捕まるリスクはありません』って」

「怪しいと思わなかったんですか」

龍が尋ねると、近は唇《くちびる》の端を歪《ゆが》めて笑った。

「『警察に捕まるリスクはありません』なんてわざわざ書いてあるんだぞ。怪しいに決まってるだろ。覚悟を決めて、やる気になったんだ。金に困ってたから。大きく稼《かせ》ぎたかった」

「そうですか……でも……」

「でも、が多いな、あんた。今度は何だ?」

「間違ってたらごめんなさい。でも、もしかしたら仮屋薗さんは、最初から捕まる気だったんじゃないですか」

「何だそれ? どうしてそんなこと考えるんだ?」

「髪です。そのピンクの髪。たとえちゃんとしたスーツを着たとしても、それでは銀行員だなんて信じてもらえないです。一発でバレます」

近は自分の髪を撫《な》で、そして笑った。

「たしかにな。警察が俺を不審に思ったのも、この髪のせいだった。こんな頭して公園で着替えしてたら、そりゃ怪しいよな。この仕事を世話してくれたひとからも『髪形とか髪色とか銀行員っぽくしろ。ピアスも外せ』とかって指示出てたよ」

そう言ってから彼は、表情を戻す。

「捕まっていいって気にはなってたと思う。ていうか、もうどうでもよかった。何もかも、どうでもいいって思ってた。真面目《まじめ》に調理学校に通って、そこそこのレストランに就職して、いつかは自分の店を持ちたいなんて思って一生懸命働いてたのに、コロナの緊急事態宣言で店が開店休業になって、クビになった。それからは何やっても駄目だ。うまくいかない。ウーバーイーツ配達の仕事なんて、かったるくてさ。そもそもなんで他人が作った料理を俺は運ぶだけなんだ。作らせろ。俺を雇えって。そんなこと誰にも言えなかったけどな」

コーラの残り半分を飲み干す。

「こうやって人間は駄目になっていくんだなって思った。まるで親父《おやじ》みたいだ。あんなに軽蔑《けいべつ》してた親父そのままだ。だったらいっそ親父と同じようなことしてやるか。他人を騙して金を取ってやるか。そう思って受け子の仕事を引き受けた。最初は真面目にやるつもりだった。真面目にってのは、ちゃんと相手から金を騙し取ろうって思ってたってこと。俺はでもLINEでいろいろ指示を受けてるうちに、絶対うまくいかない気がしてきた。俺はこれで警察に捕まるって思った。でもやめられなかった。ていうか、どうでもいいって思った。捕まるならそれでもいい。これ以上堕《お》ちようがないんだし。そう思って髪の毛もそのままにして、やった。結果がこれ。思ったとおりだったってわけ。まさか不起訴になるとは思わなかったけど」

近は空《から》になったコーラのストローをくわえ、ずずずぅ、と音を立てた。

「もう一杯頼むぞ」

そう言って彼はコーラを追加注文した。どうやらここの代金はこちらに払わせるつもりでいるらしい。龍のほうから呼び出したのだから当然ではあるが。

龍は訊いてみた。

「あの日、喫茶ユトリロに来たのは、どうしてですか」

「別に理由なんてない。歩いてて喉《のど》が渇《かわ》いたから近くにあった喫茶店に入っただけ」

「でも、お父さんと昔、ユトリロに来てたんですよね？」

龍が言うと、近は少し驚いたような顔になる。

「何で知ってる？」

「祖母が覚えてました。店の常連さんたちも。昔、仮屋薗ってひとが男の子を連れて店に来てたって」

「そうか。覚えられてたか。記憶力のいいじいさんばあさんたちだ。だったら親父が店の客たちに何をしたかも知ってるな？」

「お金儲けの話を持ちかけて、金を取ったとか」

「そう。詐欺だ。けちな詐欺。あちこちで似たようなことをやって、そのたびにこそこそ逃げてた。おかげで俺もずいぶんと迷惑した。出入りできない店がどんどん増えたし。さすがにあの喫茶店はもう俺の顔なんか覚えてないだろうと思って行ってみたけど、忘れられてなかったか」

「覚えてたのは名前のせいです」

「ああ、それもありがちだ。こんな珍しい苗字のせいで個人の特定が簡単すぎる。警察に捕まったときにニュースで名前が出たから、学校とかの同級生はみんな『あいつだ』ってわかったんだろうな。同窓会とか出られない。出る気なんか最初からないけど」

「ユトリロに来たのは、やっぱり懐かしかったからなんじゃないですか」

　繰り返し尋ねると、近は観念したように頷いた。

「それもある。久しぶりにあの店のプリンを食べてみたかった。子供の頃、あそこへ行くたびに親父がプリンを食べさせてくれた。それがまあまあ嬉しかった。変わってないな、あのプリン」

「あれも祖母の手作りですから。じゃああのプリンはお父さんとの思い出の味なんですね」

「思い出なんて、そんなものじゃない。むしろ親父との思い出は悪いものばかりだ。おふくろは親父を見限って、俺が十歳のときにいなくなった。親父は仕事もろくにしなかったから、いつも貧乏《びんぼう》だった。三年前に死んだときも借金しか残さなかった。ろくなものじゃない」

　そう言ってから、

「でも、あのプリンだけは妙に覚えてた。ちょっと固めで、てっぺんにホイップクリームとサクランボが載ってて。メニューからなくならずに残っててくれて、よかった」

「ありがとうございます」

「なんであんたが礼を言う？」

「あの店の孫ですから。ところで、ひとつ教えてほしいことがあります。仮屋薗さんは本当に納屋橋饅頭を渡してくれるつもりだったんですよね?」

追加のコーラが届く。近はまた半分近くを一気飲みしてから、答えた。

「そのつもりだった」

軽くげっぷ。

「納屋橋饅頭は親父の好きな菓子だった。だから行列して並んで、いくつか買った。一箱は墓に供《そな》えた。って言っても、墓石の前で全部食ってやっただけだけど。それ以外にも冷凍にしたのがある。あの日、警察に捕まってなかったら、例の仕事を済ませてから、あんたに連絡するつもりだった」

「それはまだ、ありますか」

「あるよ」

「だったら、あらためてお願いします。譲ってください」

「いいよ」

近は頷き、それから言った。

「その代わり、一個一億円だ」

6

「おお！」

大仰《おおぎょう》な声をあげたのは栄一だった。

「もう一度お目にかかれるとは思わなんだ。ありがたい。寿命《じゅみょう》が延びる」

「大袈裟《おおげさ》だねえ」

美和子が笑う。

「でも、よう手に入ったね、これ」

「龍が持ってきてくれたんだわ」

敦子が答える。

「龍ちゃんが？　どこから？」

「約束どおり仮屋薗さんが分けてくれたんです」

龍が言うと、岡田夫妻は眼を丸くした。

「ええ？　あの詐欺やった子かね？」

「詐欺のほうは不起訴になったそうです。でもこれの件は、詐欺じゃなくて本当だったんですよ」

彼らの前には白い紙箱に入った白い饅頭が置かれている。

「信用してええんか」

竹内はまだ懐疑《かいぎ》的なようだった。

「毒とか、入っとれせんか」

「わざわざ毒を仕込む理由なんてないですよ」

「ほうだわ。信用できんのなら、あんたは食べんでもええわ」

そう言って美和子が饅頭をひとつ手に取る。

「何言っとりゃあす。俺ももらうわ」

竹内はそそくさと手を伸ばした。

栄一もひとつ。敦子はふたつ取って、ひとつを店の奥の正直に渡す。

龍もひとつ、手にした。「納屋橋まんじゅう」と記されたフィルムに包まれている。それを剝《は》がすと白い饅頭を鼻に近づけてみる。たしかに酒粕《さけかす》のような香りがした。

「じゃ、いただこうかね」

敦子の言葉を合図にして、皆はおもむろに饅頭を口に運んだ。

龍も一口。皮の感触が少し硬めなのは本来のものなのか、あるいは一度冷凍していたからなのかはわからない。薄皮の下にはこし餡。甘みはそれほど強くはない。程よい味わいだ。食べているとやはり酒の香りが鼻に抜ける。

「美味しいねえ」

敦子がしみじみと言った。

「こんな味だったかねえ。忘れとったわ」

「うん、懐かしいわ」

竹内も頬《ほお》を緩める。

「これを食うたびに、子供の頃を思い出すんだ」

栄一が顔をほころばす。

「誰かかんかが手土産に持ってきてくれたで、いつも食べとったもんなあ」

「手土産持って家に行くことが、無うなったもんねえ」

「コロナのせいだけじゃのうて、人づきあいそのものが変わってまったでなあ」

しみじみと言葉を交わす客たちから視線を動かすと、店の奥で正直も饅頭を頬張ってい
た。

箱の中にはまだ四個、残っている。

「もう一個、呼ばれてええかね？」

栄一がそう言って伸ばしかけた手を、美和子が叩いた。

「欲張らんでええが。せっかく龍ちゃんが持ってきてくれたもんを」

「俺じゃないです。仮屋薗さんが分けてくれたから」

「でも、ただじゃないいんでしょ？　一個いくらって言っとったかね？」

「一個一億円」

「え？」

「冗談《じょうだん》です」

龍は笑った。


「冗談だよ」

固まる龍を見て、近は笑った。

「転売するつもりなんかない。やるよ」

「それもいけないと思います。前の約束どおり十個千五百円でお願いします」

「あんた、律儀《りちぎ》だな」

近は少し呆れたような面白がるような顔になる。そして、

「わかった。その代わり、頼みたいことがある」

と、言った。


「仮屋薗さん、またユトリロに来てもいいか、と訊いてました」

龍は言った。

「ここのプリンが食べたいそうです」

「プリン？　ああ、そういやあの子、親父さんに連れられて来とったとき、ようプリンを食べさせてもらっとったね」

美和子が言う。

「思い出したわ。すごく嬉しそうな顔して食べとった」

龍は繰り返した。

「また、ここのプリンを食べたいんだそうです」

「食べに来てもいいですか」

「いいも悪いも、わたしらに訊かんでもええがね」

「勝手に食えばええが」

栄一も言う。

「いえ、仮屋薗さんは、皆さんに許してほしいんだそうです。ここに来て普通の客としてプリンを食べることを」

「おかしなこと言うねえ。でも」

美和子は頷く。

「ええよ。来てちょ。なんならわたしらと昔の話をしてもええし」

「そうだな。来てもええ。ほだな？」

栄一が同意を求めると、竹内は少し考えるふりをしてから、

「まあ、別にええよ。気にせんと来ればええがね」

と、承諾した。

「ありがとうございます。仮屋薗さんに伝えておきます」

龍は近に成り代わって頭を下げた。

「それと、もうひとつ提案があるんですけど」

そう言って、残っている饅頭を指差した。

「これ、炙ってみません？」

「ええねえ」

「ええな」

「ええぞ、それ」

皆が一斉に同意した。敦子が饅頭を正直に渡す。しばらくして表面にこんがりと焼き色の付いた饅頭が戻ってきた。それを包丁で半分に切り、皆で分ける。

龍はその半分の饅頭を口に入れた。とたんに香ばしさと酒の風味が広がった。

「ああ、これ、いい」

かりっとした皮の食感と温かな餡の甘みに、思わず頬を緩めた。

第4話

イタリアン
スパゲッティと
意外な誘い

1

「すみませーん」

中二階から、この店ではほとんど聞かれることのない華《はな》やいだ声が降りてきた。

「はあい」

応じてから敦子は、

「あんた、行ってきて」

「え？　俺《おれ》？」

龍《とおる》は躊躇《ちゅうちょ》する。しかし、

「歳《とし》が近いんだで、あんたのほうがええわ」

祖母に言われ、

「……わかった」

少し気後《きわく》れしつつ、階段を上がる。

いつも紳士《しんし》さんが定席としているところに三人の女性が座っている。多分十代だろう。みんなミニのプリーツスカートに厚底のブーツという最近よく見かける服装で、やってきた龍を見て「おんなじ！」「ほんと！」と騒ぎだした。

何が？　何がおんなじ？　当惑しながらもそれを表に出さないよう努《つと》めながら、龍は言った。

「お決まりですか」

「これください」

差し出されたのはスマホだった。ディスプレイに玉子サンドの写真が映し出されている。

「これ三つ、ください」

ひとりが言うと、

「えー？　ひとつでよくない？」

「ひとつだと少ないよ」

「じゃあふたつ。わたしあんまりお腹空《なかす》いとらんし」

「ここに来る前にコンビニでツナマヨ食べてたからだよ。食べ過ぎ」

「しかたないじゃん。お腹空いてたんだから。どうする？　ひとつ？　ふたつ？」

「んー……どうしよ……あの、玉子サンドひとつって、ふたつなんですよね？」

「え？」

質問の意味がすぐにはわからず、龍は当惑する。

「……ああ、一皿に何個の玉子サンドがあるかってことですか」

「そうそう」

「ふたつです」

「だったらふたつで四個か。一個余るね。誰《だれ》食べる？」

「わたし」

「わたしも食べたい」

「あんた、さっきあんまりお腹空いとらんって言ってたじゃん」

「でも食べたくなったもん」

「じゃあ三つでよくない？」

「そうか。三つか」

「三つだね」

「じゃあ、玉子サンド三つ。それとレモンティー」

「わたし、オレンジジュース」

「わたしもオレンジ」

やっと注文がまとまった。

「玉子サンド三つとオレンジジュースふたつ、それとレモンティーひとつですね。レモンティーはホットですかアイスですか」

「あったかいので」

「かしこまりました」

　一礼して下へ降りる。背中に少女たちの笑い声を浴びせられた。

「オーダーは聞こえとったよ」

　敦子は笑いを堪《こら》えている。

「なんか、楽しそうだったね」

　反論すると客に聞こえるかもしれないので、龍は無言で首を振る。

「最近、若い子の客が多いみたゃあだな」

　榊原が言った。

「この前もおっただろ」

「そう。若い女の子ばっかだわ。何があったんだろうね？」

「このへんに女子校でもできたか」

「そんなもん、どこにあるの？」

「ないけどよ。説明つかんがや」

「そうだけどねえ」

などと話をしながら敦子は紅茶を淹《い》れ、冷蔵庫から出したオレンジジュースを氷の入ったコップに注《つ》ぎ、サクランボを載《の》せた。

しばらくして正直が三人分の玉子サンドを完成させる。ひとりで持っていくには無理があるので、龍と敦子がふたりがかりで中二階へと運んだ。

「お待たせしました」

テーブルに玉子サンドの皿を並べると、三人の少女たちが「すごい」「おいしそー」と歓声をあげる。そして予想どおりスマホで写真を撮りだした。

「このジュースのコップ、レトロ」

「サクランボもかわいい」

「玉子サンド、分厚い」

活字にするとぶっきらぼうだが、語尾《ごび》にハートマークがいくつも付くような喋《しゃべ》りかたで彼女たちははしゃいでいた。

「あんたたち、この店をどこで知ったの?」

敦子が単刀直入に訊《き》く。

「あー、それ、これ」

彼女の中のひとりがスマホを操作した後、その画面を敦子に見せる。先程の玉子サンドを写した画像が表示されていた。

「これ見て来ました」

「うちの玉子サンドの写真だね。誰が撮ったの？」

「ハルカリさんです」

「はるかり？　どなたさん？」

「美味《おい》しいものいっぱい紹介してるインフルエンサー」

「インフルエンザ？」

「インフルエンサーだよ」

定番のボケをかます祖母——本人はそのつもりは毛頭ないのはわかっているが——に、龍が説明しようとする。

「インスタグラムとかティックトックとかのＳＮＳ……って言ってもわかりにくいかな。とにかくインターネットでいろんな情報を発信して、多くのひとに影響力を持つひとのことをインフルエンサーって言うんだよ。この説明でわかる？」

「そうだね……」

敦子は少し考え込み、

「……要するに、宣伝《せんでん》するひとかね？」

「まあ、そういうことかもね。今見せてもらったのはインスタグラムかな。そのひとがそこにユトリロの玉子サンドの画像をアップしたから、いろんなひとがそれを見たんだろうね。だから最近若いひとが店に来てるんだ」

「ほうかね。それはまあありがたいことだね。宣伝料、払わんでええのかね？」

「それは大丈夫。向こうが勝手にあげてるんだし。でも、そのハルカリってひと、いつこの店に来たんだろう？」

「これです」

龍の疑問に応じるように、女性のひとりがスマホから別の画面を見せた。若い女性のプロフィール画像が表示されている。その顔に見覚えがあった。

「このひと、一月にうちに来て玉子サンド注文したひとだ」

「そのときの写真もアップされてますよ」

示されたのはマスクを付けた自分と女性が並んで写っている画像だった。

「これ見てたから、すぐにわかりました。同じだって」

そうか、さっきの「おんなじ！」という掛け声は、そういう意味だったのか。龍はやっと得心がいった。

「わたしたち、ハルカリさんのインスタ見て、紹介されてるお店によく行ったりするんです」

別の女性が教えてくれた。

「そうなんですね」

頷《うなず》きながら、あらためてハルカリなる女性のプロフィールを読む。「遥莉奈　はるかりな」とある。現役女子大生で、モデルもやっているらしい。フォロワー数は五万。かなりの数だ。プロフィールの下にはこれまでアップした画像のサムネイルが表示されている。食べ物飲み物、その間に自分の写真。どれも洒落《しゃれ》た画像ばかりだった。ユトリロの玉子サンドもよく見てみるととても美味しそうに写っている。あのとき何枚も撮影していたから、その中からベストを選んだのだろうが、こういう写真を撮ることに手慣れてもいるようだ。

「わたしたちも一緒に写真撮ってもらっていいですか」

女性のひとりが龍に言ってきた。

「え？　俺ですか」

「お願いします」

「撮らせてください」

「お願いします」

三人揃って懇願《こんがん》された。

「撮ってもらやあ」

敦子までもが彼女たちの援軍に加わる。

「あ……はい」

「わたしが撮ったろか」

敦子の申し出に、

「あ、大丈夫です。自撮りできるんで」

スマホを構えた女性が龍にぴったりと接近する。残る二人も貼《は》りつくように身を寄せてきた。

マスクの中が急に熱くなったように感じられて、龍は息を殺した。

2

お待たせしました、という声と共にテーブルに運ばれてきたのは、楕円形《だえんけい》の黒い鉄皿にこんもりと盛られた熱々のスパゲッティだった。タマネギ、グリーンピース、モヤシと共に赤いケチャップに染められた麺《めん》のてっぺんには、赤いウインナーが一個トッピングされていた。スパゲッティの周囲には黄色い玉子が流し込まれ、よく焼かれた鉄皿の上でじゅうじゅうと音を立てている。

さっそくフォークを手に取り、スパゲッティの小山に突き刺すと玉子を絡めながら巻き取る。湯気を立てるそれを口に入れると、ケチャップの甘みと酸味を纏《まと》った麺と具材が焼けるような熱さと共に口内を征服《せいふく》する。

「は……ふぁ……ふぁいですね」

　向かい側に座って同じものを注文した倉石《くらいし》が口をはふはふさせながら言う。どうやら「美味《うま》いですね」と言いたかったらしい。龍は口の中のものを飲み込んでから、答えた。

「美味しいです。この熱さが鉄板イタリアンの醍醐味《だいごみ》ですね」

「鉄板っていうより鉄の皿ですけどね。鉄板って言うと真っ平らな板になりますけど、これは縁《ふち》がある」

「まあ、たしかに」

　頷きながら、意外に細かいひとなんだな、と思う。そういえば顔合わせをしたとき、以前は校正の仕事をしていたと言っていたのを思い出した。

　彼――倉石拓真《たくま》がＷｅｂマガジン「ＤＡＧＡＮＥ！」を発行しているトラ企画という会社に入ったのは、昨年末のことだ。しばらくして龍がレポーターとして参加している「名古屋めし再発見」の担当となった。神奈川県出身の三十歳で既婚、すでに一児のパパ。奥さんは中学の同級生だそうだ。彼はそういう自分のプロフィールを初顔合わせのときに真っ先に紹介してくれた。

「あれ？　赤ウインナーはトッピングされてる一個だけなんですね。他は……これ、豚肉かな？」

「そのようですね」

「これもイタリアンスパゲッティの仕様なんですか」

「いや、他では豚肉入りのものを食べたことないです。肉類はウインナーだけってことが多かったかな。そんなにたくさんイタリアンを食べてきたわけじゃないんですけど」

「じゃあ、イタリアンスパゲッティのスタンダードって何なんでしょうね？　僕もいろいろネットや『DAGANE！』の過去記事とかで調べてみたんですが、店によって作りかたが違っていて、わからないんですよ。そもそも呼び名だって『イタリアン』って言っている店もあれば『ナポリタン』という名前で同じものを出している店もありました。鉄板ではなく普通の皿に載せて提供している店もありますよね？　何が正しいんですか」

「その質問には、答えにくいですね」

スパゲッティを巻き取るフォークを止めて、龍は言った。

「誰かが決めた正式なレシピがあって、それから外れるものは認められないという条件があるのなら『正しいイタリアンスパゲッティ』というものが定義できると思うんです。でもそんなもの、ないんです。みんなおもいおもいに使う食材とレシピを考えて、それを自分のお店で出している。それをまとめて『イタリアンスパゲッティ』と呼んでるだけなので」

「そうなんですか。なんだか不便ですね」

「そう思います？　僕は逆に自由で面白いと思いますけど」

「自由で面白い……ああ、そういう見方もあるのか。僕はどうも、規則がきっちりと決まっていないと不自由さを感じてしまうので」

規則が決まっていないと不自由、か。ちょっと珍《めずら》しい感覚だな、と龍は思う。

「変人だと思われるかもしれませんね」

龍の心を読んだように、倉石が言った。

「本当は法律家とか、そういう方面に行ければよかったんですけど、そこまでの賢《かしこ》さはないし、母子家庭で金もなくて大学には行けなかったんですよ。それで専門学校で簿記《ぼき》の勉強をしたんです。簿記なら規則に従って記帳すればいいんだから性に合っているだろうと思って。でも、なかなか覚えられなくて落ちこぼれました。僕はただ規則正しいことが好きなだけで、規則を正しく覚えられる人間じゃなかったんです。最悪ですよね」

倉石は自嘲《じちょう》するように言う。

「校正の仕事をしてたのも、規則に従ってチェックしていけばいいんだと思ったからでした。けど、それだけじゃ済まないことも多くて、やっぱり手を引きました。見かねた妻のお父さんが夫婦揃《そろ》って名古屋に呼んでくれて、知り合いだった松枝《まつえだ》さんが社長をしているトラ企画を紹介してくれたんです。松枝さん、ご存知ですか」

「はい、お会いしたことあります」

「いいひとですよね。こんな僕でも快《こころよ》く社員にしてくれて。だから頑張らないといけないんです。よろしくお願いします」

テーブルを挟んで倉石が頭を下げる。

「あ、はい。こちらこそ、よろしくです」

龍も一礼した。

「さっきの話に戻りますけど、イタリアンスパゲッティにスタンダードはありません。でも、オリジンはあるんです。それが、このお店、喫茶《きっさ》ユキです」

「昭和三十六年に、先代のマスターがイタリアを旅行して本場のスパゲッティを食べて感動した、というのが始まりですよね」

倉石が続ける。

「でも食べているうちにスパゲッティが冷《さ》めてしまうのは問題だと感じたマスターは、店で焼き肉やハンバーグを出すときに使われる鉄板の皿に注目して、これを熱した上にスパゲッティを載せれば、最後まで熱々のまま食べられると考えた。溶き玉子を流し込むのは麺が焦《こ》げないようにするためのアイディアで、イタリア旅行で発案したからイタリアンスパゲッティと命名した。これ全部、鏡味さんに紹介してもらった『名古屋メン』という本からの受け売りですけど」

「名古屋の麺類を知るためには最高の資料ですよね」

そう答えながら龍は、なんとなく奇妙な感覚に囚《とら》われていた。もともと自分は東京から来た余所者《よそもの》だ。名古屋めしのことなどほとんど何も知らなかった。それが最近ではオーソリティみたいな扱われかたをされることもあるし、自分でもそう振る舞っているような気もする。

　本当にこれでいいのだろうか、という疑問が心をかすめる。

「冷めないうちに食べちゃいましょうよ」

　倉石に促《うなが》され、残りのスパゲッティを平らげる。食後に出てきたコーヒーには、えびせんが添えられていた。

「これも珍しいですよね。名古屋のコーヒーにはピーナッツか豆菓子が定番だと思ってました」

　そう言いながら倉石はえびせんを口に放《ほう》り込み、コーヒーを啜《すす》る。

「……なるほど、相性として悪くないですね。コーヒーにはスイーツを合わせるものだとばかり思ってたので、名古屋のこういう食文化には今でも驚かされます」

　俺も名古屋に来たばかりの頃《ころ》はそうだったな、と龍はまた思う。当初は違和感を覚えることが多かったが、今では豆味噌《まめみそ》にも馴染《なじ》んだし、喫茶店のコーヒーに添え物が付いていても当然と思うようになった。名古屋弁はネイティブのひとたちのようには話せないが、何を言っているのか聞き取れるようにはなってきた。

　時間が何もかも変えていくのだな、と龍はコーヒーを啜る。ああ、ここの味もいい。どんな豆を使っているのだろうか。訊いてみたい気もするが、店のひとに声をかける勇気はない。倉石に頼めば取材の一環として店のひとに尋《たず》ねさせてくれるだろうが、個人的な興味と混同したくもない。

龍はコーヒーカップから顔を上げた。老舗《しにせ》喫茶店だが店舗は真新しい。最近リフォームしたばかりのようだ。壁には昔の店舗らしい古びた喫茶店と老夫婦の写真が掲げられている。多分これが旧店舗と先代のマスター夫妻なのだろう。反対側の壁には、これまでこの店を訪れた有名人の写真が何枚も貼られている。イタリアンスパゲッティ発祥《はっしょう》の店だけあって取材の申し込みが多いのだろう。何度かテレビなどでも紹介されているようだ。

売りになる強みがあるというのはいいな、と龍は思う。ユトリロも何か強みを持てたらいいのかもしれない。インフルエンサーにもっと宣伝してもらって若い客がやってくるようになれば、この先も続けられるかも。

いや、どんなに客が来るようになっても、後継者がいなければ店は続けられない。祖父母もいずれは引退するだろう。そのときに誰かが店を継《つ》がなければ、そこでユトリロの歴史は終わる。

終わってもいいのか、と内心の声がする。あの店を、このまま途絶《とだ》えさせてもいいのか。

いいなんて思ってない。でも俺は――。

「鏡味さん、ひとついいですか」

倉石の呼びかけが、龍の意識を思案の底から引き上げた。

「んあ？　あ、何でしょうか」

「『名古屋めし再発見』ってコーナーのタイトルのことなんですけど、これ、ちょっと変えたいと思ってるんです」

「どんなふうにですか」

　訊き返す龍に、倉石は脇《わき》に置いたバッグからクリアファイルを取り出し、中に挟んであったＡ４のペーパーを取り出して見せた。

「『龍くんの名古屋めし再発見』で、どうですか」

　ペーパーにはデザイン化されたタイトルを取り囲むように、手羽先、味噌カツ、ひつまぶしのイラストが配置されている。シンプルだが見栄えのいいものだった。

「もうこんなタイトルロゴを作っちゃったんですか。このタイトルで決定ってことですか」

「いいえ、まだ編集長にも見せてません。これは僕が試しに作ってみたものです」

「倉石さんが？　上手《うま》いですね」

「こういうことするのが趣味なんで。どうでしょうね？」

「ロゴはいいと思います。でもタイトルに俺の名前を入れる必要がありますか」

「絶対に必要です」

　倉石の声に力が籠《こ》もった。

「僕、『DAGANE!』のアクセス解析データを見せてもらったんです。ページビュー数とかコンバージョン数とかコンバージョンレートとか知らない単語ばかり並んでましたが、なんとか自分なりに読み解いてみました。その結果、わかったことがあります。鏡味さん、あなたはスタアです」

「は？　何ですかそれ？」

予想外の言葉に龍は面食らう。スタア？　星？

「『DAGANE!』で『名古屋めし再発見』のページが特に多く読まれてます。断トツとは言いませんけど、一二を争う人気です。他のページを読まずに『名古屋めし再発見』だけを見てるひとも多いです。つまり固定ファンが付いてるってことです」

「はあ」

「僕は鏡味さんにはまだ潜在価値があると思います。もっと多くのファンが付いて、より広く知られることが可能な人材です。だから『名古屋めし再発見』がもっと鏡味さんを前面に押し出したものになれば、より多くの読者を摑《つか》むことができると思うんです。タイトルに名前を入れるのももちろんですが、記事も鏡味さんのキャラクターを押し出したものにして、いわゆるフィーチャーですか、そういうものにしたいんです」

「いや、あの、ちょっと待ってください」

勢いづいて説明にかかる倉石に圧《お》されながら、龍は言った。

「『DAGANE！』はそもそも名古屋の情報発信が目的のはずですし、『名古屋めし再見』はその中でも名古屋の食についての情報を伝える企画ですよね。俺の個人的なことを混ぜ込むのは違うんじゃないでしょうか」

「違うというのは違うと思います」

　倉石は言い返してくる。

「たしかに『DAGANE！』は情報を伝えるメディアです。でも情報を価値あるものにするために大事なことのひとつは、誰がその情報を伝えるか、ということなんです。専門家が伝える。有名人が伝える。SNSのフォロワー数が絶大なインフルエンサーが伝える。伝える側にサムシング・スペシャルなものがあれば、受ける側は情報により高い価値を認めるんです。名古屋の魅力、名古屋めしの魅力をより広く伝えるためには、それを伝える鏡味さんがより魅力的にならなくてはならない。僕はそのためのテコ入れをしたいんです」

「はあ……」

　倉石の力説に、龍は押され気味だった。

「でも俺、魅力なんかないですよ。大学だって休学してるし」

「休学していても医学生。腐《くさ》っても鯛《たい》です」

　聞きようによっては失礼なことを、さらっと言われた。

「とにかく僕に任せてくれませんか。鏡味さんの魅力を引き出しつつ、名古屋めしについての情報も面白く読める記事にしていきますから」

「はあ……」

「いいですよね？」

「まあ……わかりました。そこまで言うのなら、その線でもいいです。ただ……」

「ただ？　何でしょう？」

「俺は身の丈《たけ》に合わないことはしたくないですから。あまり無茶なことはさせないでください」

「わかってます。無茶はしません。僕は規則正しいことが好きな人間なので」

そう言って倉石は微笑《ほほえ》んだ。

「鏡味さんの身の丈が魅力的に見えるようにしますから」

3

「……どうなんだろうなあ」

喫茶ユキを出て倉石と別れひとりになった龍は、そう呟《つぶや》いた。

彼が何をするつもりなのか今ひとつよくわからないところが少しばかり気がかりだった。

無茶はしないと言っていたけど。

「DAGANE!」の仕事は嫌いではないが、このまま続けていてもいいのだろうかと迷うこともある。続けるか、それとも……と、ここで考えが立ち止まる。

そもそも自分が不安定な立場にいることが問題なのだ。大学に復学するのか退学するのかも決められず、ユトリロを手伝っている体《てい》ではいるけれど、実際のところは祖父母に甘えているだけだ。「DAGANE!」の仕事は今のところ、自分にとって唯一《ゆいいつ》の身の寄せどころなのだった。これを辞めたら、それこそ何者でもなくなる。今は、続けるしかない。

溜息《ためいき》をひとつ。スマホを取り出し地図アプリを立ち上げた。

喫茶ユキは東区《ひがし》葵《あおい》三丁目にある。地下鉄桜通《さくらどおり》線車道《くるまみち》駅の近くだ。龍も今日は桜通線に乗って名古屋駅からやってきた。また車道駅に行って、そこから地下鉄に乗るつもりでいた。

だがあらためて地図を見ると、東山《ひがしやま》線の千種《ちくさ》駅からもそれほど離れていない。もちろん東山線に乗っても名古屋駅には行ける。だったら帰りは別のルートで行ってみるか。龍は千種駅までの道順をスマホで確かめながら歩きだした。

歩いているうちに、ふと気付く。東山線なら栄《さかえ》を通る。ついでに、あそこに寄ってみようか。

千種駅から二駅の栄駅で降りた。地下街の雑踏《ざっとう》を抜け、オアシス21のシンボルである水を湛《たた》えたガラスの大屋根——水の宇宙船を横に見ながら、東へ向かう。

愛知県美術館の北側にあるビル、全体が灰色の古ぼけた見た目なのだが一階だけ、壁面を水色の洒落《しゃれ》た外観にアレンジされている。そして入り口には「Archaic Saga Cafe」と記されたプレートが掲げられていた。

ここが宣隆たちの開いた「アルカイック・サーガ」のコンセプト・カフェだった。水色はこのゲームのイメージカラーらしい。

中に入ると内装もやはり水色が基調になっていた。壁にはゲームに登場するキャラクターや盾《たて》、剣、甲冑《かっちゅう》などが描かれている。それほど凝《こ》った装飾《そうしょく》ではないが、雰囲気《ふんいき》は悪くない。

席に座ると黒いメイド服に鬼みたいな角《つの》が付いたカチューシャを頭に付けた店員が注文を取りにやってくる。顔の下半分を覆《おお》うマスクも黒い。

食事は済ませているので飲み物でも、とメニューを見た。「ブラッディ・エナジー」というのはタバスコを入れたトマトジュース。「ミスティック・ケイマーダ」は要するにクリームソーダらしい。もちろん龍がブレンドした「暗黒コーヒー」もある。それを注文した。

待っている間に他のメニューも見てみた。宣隆が前に言っていた「ブラック・サーペントのひつまぶし弁当」や「ワイルドボア味噌カツ」の他に、炒《いた》めタマネギを使ったブラックカレーとタイ風レッドカレーをあいがけした「暗黒と炎のカリー」というのもある。どれもゲームに登場した戦闘糧食《レーション》らしい。その中に龍が考案した「いにしえの天むす」も載っている。

メニューにはパスタもあった。その名も「弁当の片隅《かたすみ》に入っているナポリタン」。この名前では注文する気が失せそうだった。しかもこのメニューだけ、写真も含めて元のメニュー表に貼り紙をして訂正《ていせい》しているのだ。価格を改定したときに金額の部分だけ貼り紙で訂正しているメニュー表を見たことはあるが、これは金額の部分には訂正がない。

こうなると元の名前が何だったのか知りたくなる。かといって貼り紙を剝《は》がすわけにもいかない。もやもやした気持ちでメニュー表を見つめていると、

「あの、もしかしてユトリロのひとですか」

声がした。顔を上げると若い女性が目の前に立っていた。マスクで顔半分が隠れていても、その特徴的な顔立ちとメイクはすぐ思い出せた。先日ユトリロで玉子サンドを注文した客だ。名前はたしか……。

「……ハルカリさん？」

「え？　どうして名前知ってるの？」

今度は相手のほうが驚いている。

「あ、すみません。うちに玉子サンドを食べに来たお客さんが、ハルカリさんのインスタ

を見て来たって言ってたので」

「ああ、なるほど」

ハルカリは笑顔になる。

「ちょっとはお店に貢献《こうけん》したかな」

「しました。ありがとうございます。祖母も喜んでました」

そう言ってから、

「でもハルカリさんこそ、よく俺ってわかりましたね」

「わかります絶対。そういう顔してます」

「そういう顔?」

「あ、ごめんなさい。失礼な言いかたでした」

ハルカリはまた笑った。そして龍の向かいの席に腰を下ろす。

「何か美味しそうなメニューあります、ここ?」

龍が持っているメニュー表を覗《のぞ》き込んでくる。

「あ、どうぞ」

メニュー表を手渡すと、彼女はひととおり眺《なが》めていたが、その眉《まゆ》が顰《ひそ》められる。

「『弁当の片隅に入っているナポリタン』? 何これ?」

それ変ですよね、と言おうとしたところで店員が龍の注文したコーヒーを持ってきた。

「あの、この『弁当の片隅に入っているナポリタン』って何ですか」

ハルカリがすかさず尋ねると、店員は心得顔で、

「普通のナポリタンです」

と、答える。

「普通の？　弁当に入っている普通のスパゲッティってことですか。具がなくてケチャップが薄くて脂《あぶら》っこくて冷めてるの？」

「いえ、メニューの写真にあるとおりソーセージとタマネギとピーマンが入ってますし、出来立てで温かいですし脂っこくもありません」

「じゃあ、どうしてこんな不味《まず》そうな名前にしてるんですか」

「わかりません」

店員は朗《ほが》らかに答える。

「オーナーが一昨日《おととい》、この名前に変えるって言ったんです」

「それで貼り紙がしてあるの？　じゃあ前の名前は何て？」

「『火の山の溶岩イタリアン』です」

「ずいぶんイメージ違いますね」

「中身も違うんです。前は熱した溶岩プレートにナポリタンを載っけて玉子をかけてました」

「鉄板イタリアンみたいなものだったんだ。でもどうして変えちゃったんだろ？」

「わかりません。でもわたしもシェフも今のほうがいいです。溶岩プレートを焼いたり、重いのをテーブルまで持っていったりって手間がなくなりましたから」

「そういう手間を省《はぶ》くためにメニューを変更したの？」

「どうでしょう？　あのオーナー、従業員を楽にしてあげたいなんて考えるタイプじゃなさそうだけど」

店員はあっけらかんと言う。

「あの……」

ふたりの会話の合間に、龍も尋ねた。

「オーナーって鏡味宣隆ですか」

「そんな名前でした。見た目がスティーブ・ジョブズそっくりなひと」

間違いない、叔父《おじ》だ。

「それで、ご注文は『弁当の片隅に入っているナポリタン』でよかったですか」

店員の問いかけに、

「まさか」

ハルカリは席を立つ。

「悪いけど、ここにはお金、落としたくないです」

そう言うと彼女は、さっさと出ていった。見送る店員は怒った様子もなく、

「だよね」

と呟いて戻っていった。

後には龍と「暗黒コーヒー」が残された。普通のカップに注がれたそれを、啜ってみた。

「ん？」

もう一度啜る。香りと苦み、そして酸味が喉から鼻に抜ける。それは龍がブレンドしたものとは違う味わいだった。

「……何なんだ？」

訝《いぶか》しく思いながら、残りのコーヒーを飲んだ。

4

三月が始まったばかりで、まだ寒さが居すわっていた。店のドアが開くたびに冷たい空気が差し込んでくる。

その日の午後、寒気を纏って店に入ってきた客を見て、龍は思わず「いらっしゃいませ」の言葉を呑《の》み込んだ。

「よ、しばらくぶり」

軽く手を挙げて挨拶《あいさつ》をしてくる。そして空《あ》いている席にどっかと腰をおろした。

「元気そうだな」

そう言われたら、言葉を返さないわけにいかない。

「おまえも元気そうだな、駿《しゅん》」

彼——平井駿《ひらい》は龍が差し出したコップの水を一気に飲み干す。

「いろいろあったが、とりあえずは元気だ」

いろいろというのが何なのか、龍はすでに聞かされていた。彼の祖父が亡くなったこと。

母親が交通事故に遭《あ》って一ヶ月ほど入院していたこと。そして、

「あらためて、国家試験合格おめでとう」

「ありがとう。これは良いほうのいろいろだ」

「四月から大学院だったな」

「こっちもなんとかなった。無事博士課程に進める」

「おまえは臨床のほうへ行くと思ってた」

「コロナ禍《か》がなければ、そうするつもりだった」

「やっぱり、ウイルスの研究？」

「ああ、こういうクソっ垂れなウイルスを駆逐《くちく》してやりたくてな」

「それもまあ、おまえらしい」

そう言って龍は笑った。

「それで、今日は何の用？」

「客だよ。久しぶりにここのイタリアン食いたくなった」

「イタリアンひとつね。飲み物は？」

「ホット。イタリアンと一緒でいい」

「かしこまりました」

オーダーを奥の正直に通してから、龍は駿に勧《すす》められるまま向かいの席に座った。

「お祖母《ばあ》さんは？」

「今ちょっと買い物に出てる」

「それでおまえが店にいたのか」

「いや、最近はここにいることが多い。ていうか、他にいられるところがない」

「寂《さび》しい人生だな。彼女とかいないのか」

「いるわけない。そういうおまえはどうなんだ？　勉強が忙しくて彼女を作る暇《ひま》もないだろうけど」

「そんなこともない。もうすぐできる」

「もうすぐ？　何だそれ？」

「この前、二年ぶりに合コンした。そのときにちょっといい子がいたんで、来週会う」

「ふうん」

「ふうんって何だ。どこの子、とか、どんな子、とか訊けよ」

「根掘り葉掘り訊いても大願成就《たいがんじょうじゅ》するとは限らないから。得た情報も無駄になる可能性がある」

「身も蓋《ふた》もない言いかただな」

「前にもそういうことがあったからな。看護学校の」

「それ以上言うな。傷口が開く」

そう言って駿は自分の胸を押さえた。

「明壁《あすかべ》さんのこと、聞いてるか」

「ああ、論文がどこかの数学専門誌に掲載されたって？」

「イギリスだ。内容を話してもらったが、俺の頭じゃ理解不能だった」

「すごいな。みんな、すごい」

龍は独《ひと》り言《ごと》のように、言う。

「それに引き替え俺は、って顔をしてるぞ」

「そのとおりだ。それに引き替え俺は何もしていない。動けずに止まったままだ」

店の奥から正直ができあがったイタリアンスパゲッティとコーヒーを無言でカウンターに置いた。龍は祖父と眼《め》を合わさずにそれをトレイに載せ、駿のテーブルに持っていった。

「サンクス」

駿はスパゲッティにタバスコと粉チーズをたっぷりと振りかけ、湯気の立つパスタをフォークで巻き取って口に放り込む。

「熱ッ！　うまッ！」

とぎれとぎれに声を洩《も》らしながら、彼は猛烈な勢いで熱々のイタリアンを攻略していく。

「慌てると口の中を火傷《やけど》するぞ」

「できたて……はふ……食わな……美味くない……」

喋るのも惜《お》しそうに食べ、その合間にコーヒーを口に運ぶ。見ているとはなはだ忙しそうだ。

「……うん、やっぱりここのイタリアンは美味い」

あっと言う間に平《たい》らげ、満足そうに残りのコーヒーを啜った。

「龍、おまえは厨房《ちゅうぼう》の手伝いとかせんのか。イタリアン作れたりする？」

「いや、まだそこまではしてない。料理は全然できない」

「やる気もないのか」

「それは……どうかなあ。この前天むす作ったときは少し楽しかったし、コーヒーのブレンドを自分でやるのも面白かったけど」

「いろいろやってるじゃないか。喫茶店のマスターになったらどうだ？」

「俺には無理だよ」

「どうして？」

「どうしてって……無理だからだよ」

「煮え切らないなあ。俺が背中を押してやろうか」

「遠慮《えんりょ》しとく。俺はまだ休学中の身だし」

「いつまで休学してるつもりだ？　大学に帰る気あるのか」

「…………」

ずばりと訊かれ、龍は返す言葉を見つけられず黙り込む。

駿はコーヒーを啜りながら、言った。

「合コンで出会って来週また会う子な、中学からバレーボールやってたんだ。全国大会にも出た。だから高校もバレー部の強いところを選んだんだそうだ。当然レギュラー枠《わく》に入るのは難しくて、それでも一生懸命練習して二年生になったとき、それまでレギュラーやってた子が怪我《けが》でリタイアしちゃって、代わりに大会に出ることになった。嬉《うれ》しいのと怪我をした子に申し訳ない気持ちと、レギュラーで戦うプレッシャーが半端《はんぱ》なかったんだって。でもこれが最後のチャンスかもしれないと思って、猛練習した。最初は補欠扱いしていた他のメンバーも頑張りを認めてくれるようになって、これなら思う存分やれると自信がついて、ついに大会出場というときになって、コロナがやってきた」

コーヒーを飲み干した駿は、コップの水を飲んで、

「大会は中止になった。呆然《ぼうぜん》としたそうだよ。すべての努力が無駄になったんだからな。それでも最初は諦《あきら》めきれなかった。まだ次がある。コロナが治まって大会が開かれるようになればって。来月には、それが駄目でも半年後になら試合に出られると思ってた。でも半年後も一年後も駄目だった。結局彼女は一度も正式な試合に出られることなく、高校を卒業した。ここで問題。彼女は大学では何部に所属しているでしょうか」

「素直にバレー部？」

「不正解。今はカレー同好会にいる。毎日スパイスを配合して自分好みのカレーを作り出そうとしているってさ」

「バレーはやめちゃったの？」

「もうボールにも触ってないそうだ。高校時代にやりきったって」

「でもコロナで試合に出られなかったんだろ？」

「試合も出られなかったし練習も満足にできなかった。でもその間ずっと彼女はバレーをしてた。頭の中で試合をシミュレーションしてたんだ。相手のボールを受けて、返して、攻撃する、みたいに。ひとりでできるトレーニングもしてた。毎日そうやってバレーを続けてた。頭の中では全国大会で優勝するところまで行ったそうだ。だからもう、やりきったんだってさ」

「それ、すごいね」

「すごいよ。合コンで彼女、言ったんだ。『コロナなんてクソどうでもいい。わたしにはバレーに打ち込んだ高校生活が、ちゃんとある』って。ちょっと惚《ほ》れちゃわないか」

「たしかに。それでまた会うわけだ」

「カレーパーティに招かれたんだ。同好会のメンバーが作ったカレーの品評会みたいなものらしい。俺は審査員のひとり」

「なんだ、一対一で会うわけじゃないんだ」

「それは後々の話。物事は着実に進める主義だ。でな、彼女のバレーの話を聞いたとき、俺はおまえのことを思い出した」

「俺?」

「おまえも、もしかしたら医学生生活をやりきったのかなって」

「そんなわけ……」

ない、と言いかけて言葉が止まる。

「どうした? 違うのか」

「違うっていうのか、何て言ったらいいのか……」

煮えきらない物言いしかできなくて、我ながら歯がゆくなる。

「これは明壁さんも俺も同じ意見なんだが」

駿は言った。

「もしも復学して卒業して免許を取ったら、おまえはきっと患者の気持ちに真剣に向き合うような医者になるだろう。でもそれは、良い医者ってことじゃない」

「それはどういう――」

「まあ聞け。おまえはひとの心に寄り添いすぎる。ある程度なら医者にも必要な資質だが、おまえの場合はそれが強すぎるんだ。だから自分も疲弊《ひへい》する。解剖実習で担当したご遺体のことが、まさにそうだ。おまえ、あのご遺体に名前を付けてただろ？」

「ああ」

本名は知らない。ただ勝手に「ケンゾーさん」という名前で呼んでいた。

「そういうとこだよ。感情移入し過ぎるんだ。あげくに疲れ果《は》てて、大学に来られなくなった。ご遺体相手ならまだいい。向こうは何とも思わないからな。でもこれが生身の患者だったらどうなる？　自分の痛みに寄り添い過ぎてくたびれ果てるような医者に診《み》てもらいたいか。俺はいやだ。もっと冷静に客観的に俺を見て診断できる医者に診てもらいたい。そういう医者には、おまえはなれない」

駿は静かな口調で言った。

「おまえは休学届を出した時点でもう、医学生としてやるべきことはやってしまった。それ以上は、ないんだ」

「やるべきこと……全然できてない気がするけど」

「医者になるというゴールには程遠いな。だがおまえには、あそこがゴールだった。俺はそう思うよ」

駿の言葉を、龍はすぐには呑み込めなかった。感情的にはまだ受け入れがたい。しかし心の底で、彼の言葉の正しさを感じ取っていた。

「イタリアンスパゲッティと同じってことか」

「ん？」

「いや、なんでもない」

誰かが決めた正式な生きかたがあるわけではない。みんなおもいおもいに生きて違う場所に辿《たど》り着く。大会に出られなくてもバレーをやりきったと言いきることができた女性を羨《うらや》ましく思えるなら、今の自分も間違ってはいないと言えるのかもしれない。そんなふうに龍は思った。

そして気付いた。駿は自分に引導《いんどう》を渡しに来たのだ。いつまでも宙ぶらりんな状態にいる自分に。彼にそうさせたのは、きっと……。

「……明壁さんか」

「ん？」

「明壁さんが俺のところへ話しに行くように、おまえに言ったんだな」

「それは誤解だな。別に明壁さんの指図で来たわけじゃない。でも、彼女と話してて納得できたから、おまえに会わなきゃって思った」

「そうか」

「怒ったか」

「まさか。ありがとう。感謝する」

龍は素直に言った。

「やっぱりおまえ、何でも真正面から受け止めすぎるんだよな」

駿はそう言って笑った。

ドアが開いた。客ではなかった。

「あれ、龍のお友達だったね。いらっしゃい」

買い物から帰ってきた敦子が駿に声をかけた。

「お邪魔してます。あ、イタリアン、美味かったです」

「ありがとう」

手に提《さ》げていたエコバッグを置くと中から温州蜜柑《うんしゅうみかん》を取り出し、ふたりが座っているテーブルに置いた。

「これ食べやあ。安かったでたくさん買ったんだわ」

「ありがとうございます。いただきます」

駿は蜜柑を手に取ると、さっさと皮を剝《む》きはじめる。こういうとき余計な遠慮をしないところもこいつらしい、と龍は頰《ほお》を緩《ゆる》ませた。

駿が帰った後、テーブルの片づけをしながら彼の言ったことを思い返した。

——おまえは休学届を出した時点でもう、医学生としてやるべきことはやってしまった。それ以上は、ないんだ。

厨房にいる正直の背中に眼を向ける。コーヒーを淹れているようだ。ふたりの会話は聞いていたはずだ。だがきっと、祖父は何も言わないだろう。祖母と違い、自分の思っていることを滅多《めった》に口にしないひとだから。でも何か思ったはずだ。意見を聞いてみたい気持ちと、躊躇《ためら》う気持ちが自分の中で鬩《せめ》ぎ合う。

ポットに湯を注ぎ終えた正直が顔を上げ、こちらを向いた。眼が合った。

「あの……」

言いかけたまま言葉を探す龍に、

「自分で考えろ。考えてからだ」

祖父はそれだけ、言った。

「何い？　何の話？」

敦子が訊いてくるが、

「なんでもない」

正直は素《そ》っ気《け》なく返した。

そのとおりだ、と龍は思った。まず、自分で考えなければ。

店のドアが開いた。入ってきたのは、若い女性だった。

「いらっしゃい」

敦子が洗い物をしながら声をかける。

「すみません。二階の席、空いてますか」

「えっと、どうだったかね？」

敦子が龍に問いかける。

「空いてます。どうぞ」

「ありがとうございます」

女性は階段を上がっていく。

「また玉子サンドかねえ」

敦子が言った。

龍はコップに水を注ぎ、トレイに載せて持っていこうとした。

スマホが鳴った。トレイを置いてディスプレイを見る。

「叔父さんからだ」

「宣隆から？　だったら今度いつこっちに来るか訊いといて。郵便が溜《た》まっとるで」

敦子がトレイを持って中二階へと向かう。龍は電話に出た。

「もしもし?」

——おお青年、頑張ってるか。

「店の仕事してた。何か用?」

——力を貸してほしい。おまえにしかできない仕事だ。

「そういうのいいから。何をさせたいの?」

——アルカイック・サーガ・カフェの手伝いをしてほしい。店の子が辞めちゃって困っている。

「店の子って、メイド服着せられて頭に角を生やされてた子?」

——なんだ、行ったのか。その子だ。

「俺はあんな格好できないよ」

——おまえにしては面白い冗談《じょうだん》を言う。メイド服なんか着せない。代わりのコスチュームを用意する。

「無理。コスプレなんかしたくない」

——わがままを言うな。カフェの世界観を保つためだ。

「わがままはどっちなんだか。悪いけどこの話は無しってことで」

——待て。電話を切るな。本当に困ってるんだ。頼むよ。

口調が泣き言めいてきた。

――コスプレも穏便《おんびん》なのにする。黒のベストに黒ズボンと蝶《ちょう》ネクタイ。これなら悪くないだろ。執事の衣装《いしょう》だ。

「それなら、まあ」

――交渉成立だな。明日から来てくれ。

「ちょっと待ってよ。じいちゃんとばあちゃんに許しをもらわないと。俺だって今はユトリロの手伝いしてるし」

――今まで親父とおふくろで回せてた店だ。おまえがいなくたって大丈夫だろ。俺からも頼んどく。バイト代は弾《はず》むぞ。

宣隆が提示した時給は、悪いものではなかった。結局、龍は正直と敦子の許可を得られたらという条件で引き受けることにした。

――よし、さっそく衣装を用意しておく。おまえは俺と背丈も体格も変わらないから、俺基準で探してみる。頭周りも同じでいいよな？

「ちょっと待って。頭周り？　どうしてそんなのが必要？」

――ウィッグも用意するからだよ。

「どんなの被《かぶ》るの？」

――普通のだ。水色の髪。

のだ。

「えーっ？」

——似合うと思うぞ、水色の髪に立派な一本角。まさにゲームに登場する鬼執事そのも

「鬼？　いや、そんなの聞いてない——」

——じゃあ明日、迎えに行くからな。

宣隆は龍の抗議を遮《さえぎ》って電話を切った。

「ちょ、ちょっと！」

呼び止めようとしたが、もう無駄だった。

「宣隆、何だって？」

戻っていた敦子が訊いてきた。

「オニとか言っとったけど、何か物騒なこと企《たくら》んどれせんかね、あの子」

「物騒ではないけど……」

説明するのに時間がかかりそうだ、と龍は思った。

5

宣隆が言ったとおり、アルカイック・サーガ・カフェに用意されていた服はぴったりの

サイズだった。水色のウィッグも違和感なく龍の頭を覆《おお》った。鏡に映った自分の姿には違和感ありありだったが。

「この角、どうしても必要？」

「絶対必要だ」

　宣隆は断言する。

「鬼執事のサイクラスはゲームの中でも人気のキャラだからな。できるだけ正確に再現しなきゃならん。大変だったんだぞ。夜中にウィッグ探し回って、見つけたのに大急ぎで角を付けて」

　努力は認めるが、その結果がこの格好かと思うと、龍の気持ちは複雑だった。

「鬼とは言ってもサイクラスは気弱って設定だからな、マウント取りにいくような上から目線はしないでくれよ」

「そんなのしたことないよ。キャラ付けとかしないからね。これ以上恥ずかしいことしたくない」

「そこまで要求はせんよ。おまえがそこまで器用だとも思ってないしな。普通に振る舞えばいい」

「そうさせてもらうから。ところでひとつ訊きたいことがあるんだけど」

「何だ？」

「『暗黒コーヒー』のブレンド、俺が考えたのとは違うよね？」

「よくわかったな」

どうやらあっさりと認めるようだ。

「酸味が強かったからね。違う豆、使ってるでしょ？」

「豆の種類は知らん。業者に任せたからな」

「どうして俺のブレンドにしなかったの？」

「指定した豆が手に入りにくい上に高くつくと言われたからだ。原価を抑えたかった」

「だったら俺のブレンドを採用するとか、そういうこと最初から言わなきゃいいじゃん」

「最初はそのつもりだったんだ。当初の予定から変更《へんこう》が生じるというのは、よくあることだろ。そのへんは臨機応変に進めないと駄目なんだよ」

そのとき、店にひとりの男性が入ってきた。四十歳前後で小太りな体型を黒い革ジャンに収めていた。

「おはようございます」

男性は宣隆に声をかけてくる。

「おはよう。ちょうどいい。新しい店員を紹介する。俺の甥《おい》っ子の龍だ」

「おや、オーナーの甥御さんですか。それはそれは」

細い眼をさらに細くして、男性は龍に笑顔を向けた。

「鍋谷喜一《なべやきいち》です。はじめまして」

「鍋谷さんには店の厨房を任せてる。フレンチや中華の店で働いてた腕利《うでき》きだ」

「はじめまして、鏡味龍です」

龍が挨拶すると、

「もしかして、あの天むすを考案したのって、君ですか」

と尋ねてきた。

「あ、はい」

「あれは悪くない。いや、なかなかいいアイディアですよ。古代米が糯米《もちごめ》なんで握り飯がもちっとした食感になる。あれはいい」

「あ、ありがとうございます」

唐突な称賛に戸惑《とまど》いながら、龍は頭を下げた。

「ただ、あんまり注文はないんですよね。天むすのためだけに古代米を混ぜた飯を炊《た》いておくわけにもいかないんで、前もって作っておいて冷凍保存してます。注文が来たらレンチンして海苔《のり》巻いて出します。厨房は僕のワンオペなんで効率重視してます。今あるメニューも途中でどんどん変えていっていいとオーナーに言われてますんで」

革ジャンを脱《ぬ》ぎながら鍋谷は説明した。

「日々改善を怠《おこた》らない。それが成長する企業にとって不可欠なことだ」

宣隆はいっぱしの実業家ぶってそう言うと、

「じゃあ鍋谷さん、後は頼むよ。龍、頑張れ」

と、さっさと店を出ていった。

「それじゃ早速、手伝ってよ」

鍋谷は龍を近くの駐車場に停《と》めたワゴン車に連れていくとバックドアを開けた。荷台に大きな寸胴《ずんどう》鍋やタッパーが詰め込まれていた。

「料理のほとんどはこうして僕が仕込んできてるんだ。それを店に運んでくれるかな」

料理の搬入後、龍は鍋谷から仕事内容のレクチュアを受けた。だいたいはユトリロでやっているのと同じだったので、それほど戸惑うことはなさそうだった。

コーヒーは一般家庭で使っているコーヒーメーカーの大型のものがあって、それで一度に十二杯分のコーヒーを淹れ、ポットで保温するようにしていた。徹底して省力化されている。

「パスタも茹《ゆ》でて冷凍してるんですね」

「そのほうが早いからね。アルデンテより少し硬《かた》めに茹でておくとレンチンしたときにちょうどいい感じだよ」

なるほど、勉強になる。

鍋谷は他にもいろいろと料理の話をしてくれた。話好き、しかも料理について話すのが好きなようだ。龍も熱心にその話を聞く。

「いいね。ちゃんと話を聞いてくれるひとがいると、気持ちよく仕事ができる。君の前に働いてた女の子は料理に関心がなさそうでね、僕が話しても全然身を入れて聞いてくれなかった。あげくには『ダルいんで』って言って辞めちゃった。僕がべらべら喋ったのがいけなかったのかもしれないけど」

「メイド服を着てたひとですか。頭に角を付けて」

「そう。知ってるの？」

「一度この店に来たことがあります。そのときに会いました」

「やる気なさそうな子だったでしょ？」

「ええ……あ、いえ……」

何と答えたらいいのかわからず言葉に詰まる。鍋谷は気にする様子もなく、

「あの子のせいで客をずいぶん逃しちゃってたからねえ」

と、溜息をついた。

たしかにハルカリも注文せずに店を出ていってしまったけど、あれは接客が問題ではなかった。どう考えても不味そうなネーミングのせいだ。

「正直に言うとね、僕は彼女を採用するの反対だったんだ。他にもっと接客業に向いてそうなバイト志望者がいたからね。でもオーナーがどうしても彼女がいいって言い張って。

まあ僕は雇《やと》われシェフだし経営には口を出せないから承諾《しょうだく》したけどね」

「そうなんですか」

「案の定、すぐ辞めちゃった。客商売には向いてなかったんだよ。オーナーに報告したら『そうか。しかたないな』で済んじゃったけどね」

無責任だな、と思った。宣隆の意図《いと》がわからない。わからないといえば……。

「……そうだ、さっき宣隆叔父さんに訊いておけばよかった」

「何を?」

「『火の山の溶岩イタリアン』を『弁当の片隅に入っているナポリタン』なんて食欲をなくすような名前に変えちゃった理由です。鍋谷さんはどうしてなのか知ってますか」

「『そういうのが大事だから』」

「え?」

「オーナーにそう言われたんだ。君こそ、この言葉の意味、わかる?」

「さあ……」

「やっぱり。意味わかんないよね」

鍋谷は笑った。

「反対しなかったんですか。こんな名前じゃ注文してくれないですよ」

「それが、そうでもないんだな。面白がってオーダーする客もそこそこいるんだ。みんな出てくるのを見て『なんだ、普通のナポリタンじゃん』って失望するけどね。いっそのこと本当に弁当に入ってるみたいな具がなくて味の薄い冷めたスパゲッティを出してやろうかと思ったけど、それはさすがに料理人としての矜持《きょうじ》が許さなくてね」

本気なのか冗談なのかわからないことを言う。

「叔父は、この店をどうしたいんでしょうか。流行《はや》らせたいのか、潰《つぶ》したいのか」

「潰したいとは思ってないと思うよ。そんなことしたら損害が大きいもの」

「でも、やってることが支離滅裂《しりめつれつ》で行き当たりばったりですよ。俺が考えたコーヒーのブレンドも勝手に変えちゃうし」

「あ、そうなの？　それは知らなかった」

「やる気があるのかないのか、わからないんです」

「そうだねえ……」

素直に同意できないのか、それとも立場上同意しにくいのか、鍋谷は曖昧《あいまい》に頷いていたが、

「そういえば、この前オーナーが会社の同僚《どうりょう》とかいうひとたちと店に来たんだ。店の中を見せたり僕が作った料理を食べたりしてたんだけど、そのときにひとりがオーナーに『計画はうまくいきそうかい？』と訊いたんだ。そしたらオーナーが『万事抜かりなく』って答えたんだよね。そのとき僕、なんだか妙な気がしたんだ」

「妙って？」

「それがさ、何がどう妙なのか、自分でも上手く説明できないんだよ」

鍋谷は頭を掻《か》く。

「計画……万事抜かりなく……何でしょうね、俺も奇妙に思います。計画って何だろう？　この店を無事に経営すること、じゃないような……」

「ああ、たしかにそんな感じだね。何だろうね？」

そう言った後で、

「でも、僕は気にしないことにするよ。料理を作って給料を貰《もら》えれば、それ以上文句は言わない。これまで勤《つと》めてきた他の店でも経営には一切口を出さないようにしてきた。僕は料理を作りたい。それだけ。君は？」

「俺ですか。俺は……」

また言葉に詰まる。そもそも宣隆に強引に誘われて仕事をすることになったわけで、自分からここで何かをしたいと望んできたわけではない。でも……。

「……俺は、自分が何をしたいのか、何ができるのか知りたいと思います」

「真面目《まじめ》かよ、って言いたくなる答えだね。でもいいんじゃない？　そういうのも」

鍋谷は腕時計を見た。

「さて、そろそろ開店の時間だ。頑張ろうかね」

「はい」

6

「頑張ってるようだな」

ビールを注いだグラスを空にすると、宣隆が言った。

「鍋谷から聞いた。なかなかいい働きをしてるって」

「そうでもないと思う」

龍は答える。

「まだ仕事に慣れてないからもたつくこともあるし、接客もうまくできてない。三十点くらいの出来」

「自分に厳しいな。他人が自分に厳しいのを見るのは好きだ」

「自分が自分に厳しいのは？」

「そういう人生を歩むつもりはない」

宣隆から駅西のビルにある居酒屋へ誘われたのは、アルカイック・サーガ・カフェで働きはじめてから三日後のことだった。魚料理を売りにしているという店で、テーブルには特選お造り七品盛りや金目鯛《きんめだい》の煮付けが並んでいる。二人用の個室を用意したのはコロナを用心した宣隆の配慮だろうか。

「酒はまだ飲めないのか」

烏龍茶《ウーロン》をちびちびと飲んでいる龍に言う。

「全然飲めないわけじゃないけど、今日はやめとく。何か話があるんでしょ？」

「別に深刻な話をするわけじゃない。酒を飲まなきゃ話せないことでもない。店の様子を聞きたいだけだ」

「様子って？　売上なら毎日データが届いてるでしょ」

「数字はいい。おまえの感想を聞きたいんだよ」

龍は鮪《まぐろ》の刺身を口に入れ、ゆっくり食べた後で言った。

「正直に言っていい？　このままだと大赤字を出すかも」

「理由は？」

「鍋谷さんに聞いたんだけど、開店当初はゲームのファンとかが見学がてら来てたみたいだね。でもそのファンも一度来たら満足してリピーターにはならなかったって。鍋谷さんのシェフとしての腕前はいいと思うんだ。どの料理も美味しいし。でも全体に奇抜すぎる感じかな。内装とか店員——俺だけど——の格好とかメニューのネーミングとか、どれも最初は面白がってもらえても、お客さんにまた来ようって気になってもらえるものじゃない。一回で飽《あ》きちゃうんだ」

「期間限定で営業するんだから、リピーターを期待してるわけじゃないんだ」

「それにしてもさ、営業期間中はちゃんとお客さんに来てもらいたくない？　あ、でも……」

言いかけて、口籠もる。

「でも？　でも何だ？　思ってることがあるなら言えよ」

宣隆に促され、龍は思いきって言った。

「叔父さん、元からあの店で儲《もう》けようなんて思ってないでしょ？　逆に儲からないように仕向けてる」

「どうしてそう思う？」

「『弁当の片隅に入っているナポリタン』だよ。データを見たらあのメニュー、『火の山の溶岩イタリアン』って名前だったときには一番利益出してたよね。それをわざわざダサい名前にして売れないようにした。どう考えたって儲けないように仕向けてるとしか思えない」

ビールお持ちしました、と店員の声がして個室の扉が開かれた。ビールのグラスを受け取った宣隆はそれを半分ほど一気に飲み、それから言った。

「そのとおりだ。あの店は赤字にしたい」

「どうして？」

「教えない」

「どうして？」

「機密事項だ」

「どうして？」

「同じ質問ばかり繰り返すな」

「訊いてもちゃんと答えてくれないからだよ」

「しかたないだろ。俺にも言えないことはある」

どうやらこれ以上は本当に話してくれないようだった。

「わかった。理由は訊かないでおく。もしかして俺の前にいた店員をやる気のなさそうな子にしたのも、店を流行らせないためだったりするの？」

「あの子なら固定ファンが付かないと思ってな」

「俺を後釜《あとがま》に据《す》えたのも、同じ理由？　俺なら客を呼べないから？」

「おまえに頼んだのは単純に人手が足《た》りなくなったからだ。辞めた子の穴埋めがすぐには見つからなかったからな」

「それじゃ――」

「まあ聞けよ」

他に誰もいないのに、宣隆は内緒話をするように声のトーンを落とした。

「おまえにだけは本当のことを言っておく。あのカフェは試金石だ。期間限定だが、それで終わらせるつもりはない。ゆくゆくはきちんとした店をオープンさせるつもりだ。その店は赤字にはさせない。ちゃんと利益を出していく。アルカイック・サーガ・カフェはそのための試行錯誤《しこうさくご》の場でもあるんだ」

宣隆は笑みを見せた。

「俺には計画がある。いずれコメダやスタバのようにたくさんの店舗を展開するカフェ・チェーンを立ち上げるんだ」

意外な話だった。

「叔父さん、ゲーム作りをしたくて今の会社を立ち上げたんじゃなかったの？」

「目的が変わった。ゲームのシナリオを書いてるより事業を興《おこ》すほうが面白い」

「じゃあ今のゲームは？」

「アルサガは他の連中が続ける。俺は自分の権利を売って独立するつもりだ」

「じゃあ、あの台湾ミンチは？」

「あんなもの一過性の流行りに過ぎない。いずれ廃《すた》れる。俺はそうなる前に手を打っておきたいんだ」

「でも、店を開く資金とか、どうするの？」

「大丈夫。俺には太いバックが付いてる」

「バック？」

「資金源。それ以上は教えない」

「なんか、まともに話してくれないことばかりだな」

「不満だろうが、我慢《がまん》してくれ。いずれ借りは返すから」

宣隆が龍の肩を叩《たた》く。懐柔《かいじゅう》されているみたいで、あまり気分はよくなかった。

「叔父さんがそういう計画を立ててるって、アルファフロントの他のひとたちは知ってるの？」

アルファフロントとは、宣隆たちが興《おこ》した会社の名前だ。

「いや、この計画はあくまで俺ひとりで考えたことだ」

そう言って宣隆は、意味ありげに笑った。

「おまえも一枚噛《か》ませてやろうか。どうせ医者になるつもりはもうないんだろ。だったら俺と一緒に働け。古臭い喫茶店で燻《くすぶ》ってるより、ずっと面白いぞ」

「それ、ユトリロのこと言ってる？」

「怒ったか」

「うん。本気でそんなこと思ってるんなら、叔父さんと一緒に仕事なんかできない」

龍は立ち上がった。帰るつもりだった。

「待て。早まるな。たしかに言い過ぎに聞こえるかもしれないが、ユトリロに先がないことはおまえだってわかってるだろ。いつまでもあそこで商売を続けられるわけじゃない。リニア新幹線が開通して駅西の様子が変われば、消えざるを得なくなる。親父だってそのことは承知しているはずだ。あの店は長くない。そうだろ？」

宣隆の言葉に反発したかった。しかし、できなかった。正直がユトリロを閉めるつもりでいることは知っていたからだ。

「こう考えろ。うちのカフェで働いて経験を積む。そして次の仕事に繋《つな》げる。俺と一緒にやるのが嫌なら、他で働いてもいい。飲食の仕事でなくても、とにかく働いて金を稼《かせ》ぐことを経験するのは大事なことだ」

「あんまり理屈になってない気がするけど」

「理屈なんて後から何とでも付けられる。まずは働いて、稼げ」

宣隆の言葉に納得はできなかった。このままここを飛び出し、アルカイック・サーガ・カフェでの仕事は辞めてしまうべきだとも思った。しかし……。

「どうだ？」

宣隆は尋ねる。自分の逡巡《しゅんじゅん》を見抜かれているのがわかって、腹立たしかった。しかし……。

「……わかった。今までどおりあの店で働くよ。でも、叔父さんの計画に加わるつもりはないからね」

「結論を急ぐな。そのうち俺と組みたくなるかもしれんだろ」

自信ありげに、宣隆は言った。その口調もまた龍には不愉快だった。

第5話

味噌カツと新たな一歩

1

「……コロンビア」

熟考の末、龍《とおる》は言った。そして首をひねり、

「でも……いや、やっぱりコロンビアだと思います」

「どういう理由でそう思いました？」

東堂が尋《たず》ねてきた。

「味、です。なんとなくフルーツみたいな甘味を感じます。それと酸味もそんなに強くなくてまろやかな感じがします。よくわからないけど」

「なるほど、正解です」

東堂が言う。龍はほっ、と息をついた。

喫茶《きっさ》エンゲルの店内、一番隅《すみ》にある席にふたりは座っていた。東堂はこの前と同じ白い

シャツにグレイのベスト姿だった。

「なかなか筋がいい。鏡味さんはコーヒーについての感性が鋭《するど》いようです」

「いえ、そんなことは……これ、わかりやすい豆を選んでますよね」

龍は目の前に置かれている三つの紙コップを指差す。彼がテイスティングしたのは東堂に指示された右側のものだった。

「他のふたつ、キリマンジャロもハワイ・コナも酸味が強いから、コロンビアとの違いははっきりわかります。もしもキリマンジャロかハワイ・コナを飲まされていたら、俺《おれ》にはどっちがどっちかわからないと思います」

「たしかにこの中ではコロンビアは区別しやすいでしょう。わかりやすい問題だったことは認めます」

東堂は言った。

「でも鏡味さんの味覚を確かめるには、むしろこのほうがいいんです。わかりやすいものがちゃんとわかること。これが肝要《かんよう》ですから。細かな差異を判別する能力は鍛練《たんれん》によって培《つちか》われるものです。素人《しろうと》同然のあなたがわかるはずもないし、わかったふりをしてほしくもない。でも明確にわかる違いをちゃんと判定できる基礎的な能力は生来のものです。これがなければ、その先に進むことは難しい」

「そういうものですか」

「そういうものです」

東堂に断言され、龍は納得するしかなかった。

「どうですか。コーヒーって面倒でしょ」

「面倒っていうか、奥が深いです」

「その言いかた、あんまり好きじゃないな。『奥が深い』って適当に使われすぎてる言葉だから。何でも『奥が深い』って言えばイッパシの通みたいに気取れると思ってる連中が多すぎる。それよりは『面倒』って言ったほうがいいと思うんですよね」

「『面倒』って言葉も適当に使われてる気がしますけど」

「ああ、たしかにね」

東堂は笑った。

「でも僕は面倒ってわりかし好きですよ。本当に二進《にっち》も三進《さっち》もいかなくなるような厄介《やっかい》な面倒は別だけど、歯応《はごた》えのある程度なら。今の鏡味さんが抱えてる面倒は、どうですか」

「身動き取れなくなってます。抜け道を探したいです」

「コーヒーが抜け道になると思います？」

「わかりません。余計ややこしい道に踏《ふ》み込みそうな気もしてますけど」

「それならいい。僕も経験してきたややこしさですから。多少なりと助言できそうだ。何でも訊《き》いてください」

「じゃあ、ひとつ質問してもいいですか。もしかして東堂さんのお父さんかお母さん、タイガースファンですか」

「そこですか」

東堂はまた笑う。

「やっぱりそう思います？　阪神ファンかなって？」

「俺がそうなんです。父親がドラゴンズファンだったので龍という名前を付けたって」

「僕の父親はバース、掛布《かけふ》、岡田《おかだ》のバックスクリーン三連発を甲子園球場で生で観《み》たことを何度も話してくれました。自分に息子が生まれたら絶対に『虎《たいが》』という名前にしようと決めたそうです。そのときはまだ僕の母親と出会ってもいなかったそうですが」

「初志貫徹《しょしかんてつ》したわけですね」

「他の点ではぐうたらな父親なんですけどね。コーヒーについては何か訊きたいことはありますか」

龍は少し考え、言った。

「コーヒーそのものじゃないんですけど、喫茶店という商売はこの先、どうなっていくんでしょうか」

「いきなり核心を突いてきましたね。それは僕も日々考えていることです」

東堂が答える。

「むしろ鏡味さん、僕があなたに訊きたいです。この先、喫茶店に将来性はあるのか。あるとしたらどんな形なのか」

「それは……やっぱり難しい質問ですね」

「ええ。だから、一緒に考えませんか」

「え?」

「喫茶店の未来について。そういうことを考える仲間が欲しいと思ってたんですよ」

2

アルカイック・サーガ・カフェの現状について、龍は懸念《けねん》を抱いていた。

もともとゲームのファンをメインターゲットにした期間限定の店だから、大きな集客を見込めるわけではない。それは最初からわかっていたことだ。だとしても、この閑古鳥《かんこどり》ぶりはいかがなものか。がらんとした店内を見回し、頭に被《かぶ》った水色のウィッグが妙に重く感じられた。

今日も訪れた客は開店から三人ほど。それでも他の日に比べると多いくらいだ。あまりに暇《ひま》なので龍は隅の席に座ってスマホを開いていた。ただサボっているのではない。「DAGANE!」の原稿《げんこう》を書いているのだ。以前は編集者が書いていたのだが、新しい担当編集者である倉石はコーナーのタイトルを「龍くんの名古屋めし再発見」と変えるにあたり、記事も龍に書かせることにした。そのほうがより鏡味龍という人間をフィーチャーしたものになるから、というのが理由だ。龍は固辞したが、結局押し切られた。当然その分のギャランティーは上げてもらえたが、おかげで毎回四苦八苦することになった。

今は前回取材した味噌《みそ》カツの記事を書いていた。というか、書き直していた。最初に書いたものを見せたら、倉石から「文章が硬《かた》くて面白味がないです。もっと鏡味さんらしさを感じさせる柔《やわ》らかなものにしてください」と言われたのだ。

ちなみに龍が最初に書いた記事はこんな感じだった。

――名古屋市中区《なかく》千代田《ちよだ》、地下鉄鶴舞《つるまい》駅から徒歩5分少々のところに位置するのが「とん八《ぱち》」という店である。私がこの店を訪れることにしたのは「DAGANE!」編集部に「名古屋めしについて語るなら是非《ぜひ》この店の味噌カツを味わってほしい」というメールが寄せられたからだった。そのメールによるとかつて新栄《しんさかえ》に「とんき」という有名な味噌カツの店が存在していたそうなのだが、今はその店はない。「とん八」はその「とんき」で修業した人物が味を引き継《つ》いでいるのだという。私はもちろんこの「とんき」という店を知らない。「DAGANE!」編集部にも「とんき」を訪れた者はいなかった。なので食べてみても比較対照することは不可能なのだが、単独で味を確認することも可能であるし、味噌カツは名古屋めしとして最も有名なものでありながらいまだこのコーナーで紹介したことがなかったので、よい機会と考え訪れることにしたのだった。店のメニュー表を見ると普通のとんかつ定食や味噌とんかつ定食の他にチーズとんかつ定食、とんかつ玉子とじ定食と様々なバリエーションがあったが、今日は味噌カツを食べに来たのだからと味噌とんかつ定食を注文した。ちなみに大味噌とんかつ定食というメニューも存在するが恐らくは大きな味噌カツであろうと推測される。注文してしばらくして届いた味噌カツはこれまで私が見てきた味噌カツにくらべると味噌ダレの量が圧倒的に多く、しかも粘度《ねんど》が高いものだった。さながらカレーのルーのようだった。これだけかけられていたら味噌の味が強くなりすぎるのではないかと懸念されたが、実際に食べてみると予想外に味噌ダレの味は軽く、辛みを抑《おさ》えられた飽《あ》きのこないものだった。かといって味が薄いのではない。豆味噌ならではの深いコクがあり、それが強すぎない甘味と相まって今まで経験したことのない風味を味わわせてくれたのだ。とんかつの豚肉にも程よい滋味《じみ》があり、この味噌ダレに埋没《まいぼつ》するようなことはなかった。総じて評価すれば、この味噌カツは非常に美味である――。

読み返してみると、たしかに文章が硬い。面白味がないと言われても反論はできない。しかし、ではどう直したらいいのか。改行すれば少しは読みやすくなるだろうが、文章全体の印象は変わらないだろう。「鏡味さんらしさを感じさせる柔らかなものに」と言われても、と龍は困惑する。学生時代の作文やレポートで書いてきたような文章では駄目ということなのか。しかし柔らかい文章なんて書いたことがないぞ。どう書けばいいんだ？

フリック入力する指はついつい止まりがちになる。

「ずいぶん悩んでるねえ」

声がかかる。鍋谷がこちらを見ていた。

「彼女と喧嘩《けんか》でもした？　仲直りのメールなら文案を考えてあげようか。そういうの得意なほうだから」

「そんなんじゃないです。その……レポートを書かなきゃいけないんで」

「あれ？　休学中じゃなかったっけ？　もう復学したの？」

「叔父《おじ》から聞いたんですか。俺が休学してるって」

「まあね。医学部って難しいんだろうね。落ちこぼれると大変そうだ」

「大変、ですね。ちなみに復学はしてません。レポートは大学関係じゃないんです。別の仕事関係で」

「いろいろ手広くやってるんだ。じゃあここが無くなっても大丈夫かな」

「なくなるんですか」

「期間限定だからね。あと一ヶ月の命だよ」

「いや、期間前に潰《つぶ》れるのかなって」

「それはどうだろうね。普通の店ならその可能性もあるだろうけど」

「ここは普通の店じゃないんですか。コンセプトカフェってこと以外に？」

「現状を見てごらんよ。普通の店ならとうに採算が合わなくて撤退《てったい》してるよ。親会社が儲《もう》かってるから続けられるんだろうね」

「でも、そんなに叔父のいる会社って儲かってるんですかね？」

「そうなんじゃないかな。どっちにせよ、僕らが考えることじゃない」

「じゃあ、俺たちがやることって？」

「お客さんが来たら、ちゃんと飲み食いさせて気持ちよく帰ってもらうことさ。君の叔父さんもそれ以上のことは求めてないだろ？」

いや、宣隆がこの店に求めているのは、それだけではない。

――俺には計画がある。いずれコメダやスタバのようにたくさんの店舗《てんぽ》を展開するカフェ・チェーンを立ち上げるんだ。

そのためにこの店でいろいろと試しているとも言っていた。そういう宣隆の真意までは鍋谷も知らないだろう。言うべきなのは、別のことだ。

「俺はそれ以外に経理も見てくれって言われたんですけど」

「経理？　店の経理？」

「ええ、帳簿《ちょうぼ》とか。俺はそういうの苦手だって言ったんですけど」

「それなら今までどおり僕に任せてくれればいいよ。苦手なのに無理してやることない」

「でも一応、言われたんで。後で見せてもらえますか」

「いいけどね。なんか疑われてるみたいで複雑な気分だけど」

鍋谷が微苦笑を浮かべる。

「わかってほしいんだけど、料理人にとって仕入台帳というのは、とてもデリケートなものなんだ。その、言ってみれば日記帳みたいなものでね」

「そんなにプライベートなものですか。レシピのほうがそれっぽい気がしますけど」

「レシピは……そう、プロフィールかな。わかんないけど。とにかくさ、他人に見られるのは恥ずかしいものなんだ」

「でも叔父には見せてますよね？」

「そりゃあ雇《やと》い主だからね。わかったよ。その雇い主が君に見せろって言うんだから見せるよ。恥ずかしいなあ」

鍋谷が「恥ずかしい」を連呼する。龍は思わず笑ってしまった。

ドアが開き、客がひとり入ってきた。六十歳前後かと見える女性で、眼《め》の覚《さ》めるような鮮《あざ》やかな黄色いコートを着て、同じ色のターバンのような帽子《ぼうし》を被っている。鶏卵《けいらん》くらいの大きさの金色の珠《たま》が連《つら》なる首飾《くびかざ》りと、同じ珠でできたイアリング。そして主張の強い太いフレームの眼鏡《めがね》を掛けていた。女性は周囲を見回し龍に眼を止めると、カツカツとハイヒールの音を響かせながら近付いて、言った。

「この店、いつもこんな感じ？」

「は？」

「客はいないの？」

「は、はい。こんな感じです」

張りのある声に押され気味になりながら龍が答えると、女性はさらに顔を近づけてきた。眼鏡の奥にアイラインをきっちりと引いた眼がある。その強い視線が龍を捉《とら》えていた。

「席に案内して」

「あ、はい」

空いてる席に勝手に座ってもらえばいいのだが、そうは言えない雰囲気《ふんいき》だった。龍は店内を見回す。さて、どの席にエスコートすればいいのか。外の景色が見える場所か。それとも奥の人目につかないところがいいのか。それとも……。

逡巡《しゅんじゅん》している余裕はなかった。女性は待っている。黄色いコートが目の前にある。黄色い……そうか、もしかして。

「どうぞ」

龍が案内したのは壁際の席だった。その壁にはゲームの登場キャラクターの等身大パネルが掲げられている。

「こちらでよろしいでしょうか」

パネルのひとつと真正面に向き合う席の椅子《いす》を引く。女性はコートを脱《ぬ》ぐと椅子に腰を下ろした。そして目の前のパネルに視線を注《そそ》ぐ。その間に龍は水のコップとお絞《しぼ》りを用意した。女性はまだパネルを見つめていた。

「ご注文が決まりましたら、お呼びください」

そう言って席を離れようとしたとき、

「わたしが何を注文したいか、わかってるわよね？」

女性に尋《たず》ねられた。龍は言う。

「推測ならできます」

「推測の根拠を言える？」

「はい。お客様は黄色のお洋服を召していらっしゃいます。黄色は『アルカイック・サーガ』では剣士クラッドのイメージカラーです。またクラッドはお客様と同じような大珠の首飾りをしています。そちらのイラストにあるように」

女性の前にあるパネルを示した。黄色い装束《しょうぞく》に身を包み大剣を構える男性のキャラクターが描かれている。

「なのでお客様はクラッドのファンなのではないかと推測して、この席にご案内しました。

クラッドといえば死地に赴《おもむ》くとき必ず食べる戦闘糧食《レーション》があります。『ワイルドボア味噌カツ』です」

「それを頂くわ。それと『暗黒コーヒー』も」

「かしこまりました」

一礼して離れようとしたとき、背中越しに声をかけられた。

「『剣士クラッドの資質を何と見る?』」

龍は振り向き、答えた。

「『勇猛果敢《ゆうもうかかん》さにおいては帝国随一《ずいいち》かと。ただし、将となるにはいささか心根が優しすぎます』」

女性は龍をちらりと見た。

「鬼執事サイクラスの台詞《せりふ》、ちゃんと言えるのね」

「勉強しました」

「いい心がけだわ」

女性は右手をさっと振った。戻ってよし、という意味と解釈した。

鍋谷に注文を通してから、客から見えないところへ行って大きく息をついた。やれやれ、マニアックな客を相手するのは大変だ。それにしても、あんな高齢の女性にもゲームのファンがいたとは。アルサガって結構人気が幅広いんだな、と龍は感心した。

厨房《ちゅうぼう》に眼をやると、鍋谷がパン粉の付いた肉を油に投入するところだった。彼はその状態まで下ごしらえして店に持ち込んでいる。他の料理も加熱する寸前の状態まで仕込んであるものがほとんどだった。だからオーダーが入ってから料理が出るまでの時間が短い。これはこの店の優れた点だと龍は思っている。

「ワイルドボア味噌カツ」も程なく完成した。ここの味噌ダレはさらさらで、少し濃いめの味噌汁のようだった。それをカツ全体にかけ客に供する。龍は味噌ダレが皿からこぼれないよう気遣いながら、料理を客の前に運んだ。

皿が置かれるやいなや、女性は箸《はし》を取ってカツの一切れを口に運んだ。咀嚼《そしゃく》し、呑《の》み込む。眉《まゆ》がぴくりと上がった。そして突っ立ったまま見ていた龍に眼を向けた。

「普通」

一言、そう言った。

「あ……はい」

龍は頭を下げる。どうして「はい」なのか自分でもわからなかった。

3

「最近ユトリロにおらんと思ったら龍ちゃん、余所《よそ》でバイトしとるんかね」

店に顔を出した途端《とたん》、美和子に声をかけられた。

「あ、はい。ちょっと叔父さんに頼まれて」

「そっちも食べ物屋さんだってね。わたしらも行ったげようか」

「あ……いえ、あっちはちょっとクセのある店なんで……」

「クセって、どんなクセだの？」

「その、叔父さんが作ってるゲームがわからないと面白くない店なんですよ」

「ほうかね。それだといかんねえ」

素直に納得してもらえたようで、龍は内心胸を撫《な》で下ろした。あんなコスプレをしている姿を見られたくない。

「きれいな鬘《かつら》被った龍ちゃん、この眼で見たかったんだけどね」

「……え？　鬘って……え？」

「被っとるんでしょ。青いの」

「どうして、知ってるんですか」

「写真、見せてもらったもん。ねえ」

と、敦子に声をかける。

「え？　ばあちゃん？　写真って？」

「これ」

敦子はくすくす笑いながらiPadの写真アプリを開いて龍に見せる。サイクラスに扮《ふん》した龍の姿が写っていた。

「どうして……」

「宣隆が送ってきてくれたんだわ。孫の晴れ姿、見せたるって」

なんて余計なことを……龍は自分の頬《ほお》がカッと熱くなるのを感じた。

「この写真、みんなに見せたの？」

「もちろん。みんなで回し見したわ」

美和子が答えた。龍は思わず頭を抱える。

「……駄目だ。もう終わりだ……」

「何が終わりだの。かわいくてええがね。似合っとるよ」

そう言う美和子は相好《そうごう》を崩している。向かいに座っている栄一でさえ笑いを堪《こら》えているように見えた。龍は耳たぶまで熱くなる。

「ひどいなあ、叔父さん。秘密にしておいてくれって何度も言ったのに……」

「まあええがね。敦子さんにあんたがちゃんと働いとるのがわかって」

美和子は笑みを浮かべたまま言う。

「それで、あんたが考えた天むす、評判どう？」

「あんまり売れてないです。味は悪くないと思うんだけど」

「なんとか米を使っとるんだよね？」

「古代米。赤いのとか黒いのとか、ちょっと変わった感じの米で」

「面白いこと考えるねえ。他にはどんな料理があるの？」

「他のも変わってますよ。『ワイルドボア味噌カツ』とか」

「ワイルドボア？　何それ？」

「猪《いのしし》のことです。猪肉を使った味噌カツなんですよ」

「猪？　ぼたん肉か」

　急に栄一が身を乗り出した。

「あれは美味《うま》い。前に食ったけど、あれは美味かった。薄切りにしたぼたん肉が本当にぼたんの花みたゃあに赤くてきれいでよ。ちょっと硬めだったけど味は濃かったな」

　よほど印象深かったのか、普段は寡黙な栄一が滔々《とうとう》と喋《しゃべ》る。

「そんなに美味《おい》しいんですか」

「そりゃ美味いわ。龍君はぼたん肉、食ったことないか」

「ありません」

「だったらいっぺん連れてったるわ。一緒に食おまい」

「ありがとうございます。楽しみにしてます」

　本気で言っているのかどうかわからないが、一応礼を言っておく。すると、

「わたしも、ぼたん肉なんて食べたことないけど。いつ食べたの？」

美和子が口を挟んだ。栄一は一瞬はっとした表情になったが、それを隠して、

「肉屋の、寄り合いで行ったんだわ」

と、弁明する。しかしそれで矛《ほこ》を収める美和子ではない。

「そんなに美味しいんなら、わたしも連れてってよ」

「ああ、まあ、今度な」

「今度っていつだの？」

美和子は追及の手を緩《ゆる》めない。栄一が「まあ、そのうちに……」とか誤魔化《ごまか》そうとするのも許さなかった。

「ぼたん鍋なら名古屋でも食べられると思うよ」

敦子が助け船を出す。

「新栄に『勘太郎《かんたろう》』って信州《しんしゅう》料理のお店があって、そこでぼたん鍋が食べられるに。栄一さん、今度連れてったりゃあ」

「ああ……」

「ほんとだね？　約束だでね。わたしと龍ちゃんと三人だからね」

「え？　俺もですか」

「さっきこのひと言ったがね。あんたも連れてったるって。嘘《うそ》はつかんひとだで。ねえ？」

「ああ……」

美和子に念を押され、栄一はしぶしぶ頷《うなず》いた。


「昭光から電話があったよ」

終業後、龍が店の片づけを手伝っていると、敦子が不意に言った。

「父さんから？　何かあった？」

「来週、仕事で名古屋に来るで、こっちに寄るって」

「え……」

龍は一瞬、言葉に詰まる。

「なに？　困っとるの？」

「そういうわけじゃ、ないけど……」

龍は言葉を濁《にご》す。そんな孫の様子を見て、敦子は言った。

「いっぺん、ちゃんと話し合わんとかんよ。そんで、自分の気持ちを正直に話さんと」

「……そう、だよね」

わかっていた。そうしなければならないことはわかっているのだ。だがそれは、自分の気持ちを話すということは、自分の気持ちを決めるということだ。どうするか決めかねてふらふらとしている自分の気持ちを。

——おまえは休学届を出した時点でもう、医学生としてやるべきことはやってしまった。それ以上は、ないんだ。

駿に言われた言葉が脳裏《のうり》に甦《よみがえ》る。それはずっと胸に残り、響きつづけていた。もしかしたら彼は、龍がこの言葉に反発することを期待していたのかもしれない。奮発させて復学するように仕向けたかったのかも。

しかし、そういう気持ちは一向に湧《わ》いてこなかった。むしろ駿の言うとおりかもしれないと思いはじめていた。

どうしようもないな、と龍は内心で自嘲《じちょう》する。俺はどうしようもないへたれだ。

こんな状態で父に会って、どんな話をすればいいのか。いや、話すべきことはわかっている。それをどんな顔をして話せばいいのかということだ。考えれば考えるほど憂鬱《ゆううつ》になる。

夕飯の後、自分の部屋に戻ると龍はベッドに倒れ込んだ。

天井にある染みを、じっと見つめる。本当は大声で叫んでみたかったが、我慢した。逆に息を抑えて自分を鎮《しず》めようとする。胸の奥に巣くう鬱屈は、しかし一向に消えそうになかった。

「……ああ……」

思わず声が洩《も》れる。そのとき、部屋の扉が軽く叩《たた》かれた。

——龍、おるかね？

龍は起き上がり、扉を開ける。曾祖母の千代が立っていた。

「どうしたの、ひいばあちゃん？」

「これ、食べんかね？」

千代は両手にひとつずつ蜜柑《みかん》を持っていた。

「あ……ありがとう」

千代は部屋に入ってくると、座卓に蜜柑を置いて、その脇に座った。どうやら一緒に食べるつもりらしい。龍も向かい合って座った。

「あんまり御飯食べとらんかったで、お腹空《なかす》いとるでしょ」

「あ、うん」

「若いひとは、もっと食べんとかんに」

そう言いながら千代は蜜柑をひとつ手に取ると両手で挟んでころころと揉《も》む。こうすると皮を剝《む》きやすくなるでね、と前に言っていた。

「ほれ、食べやあせ」

「ありがとう」

受け取った蜜柑は曾祖母の温《ぬく》みが感じられた。皮はたしかに剝きやすいように感じる。中の白い筋も取れている。房を三つほどまとめて口に放《ほう》り込んだ。甘い味と香りが口いっぱいに広がる。

「龍は、本当に美味しそうに食べるねえ」

千代が皺《しわ》だらけの顔に笑みを浮かべた。

「そうかな」

龍は緩んだ頬を軽く叩く。

「ええことだよ。美味しいもんを食べて不幸せになるひとはおらんに。でもよかったねえ」

「何が？」

「夕御飯のとき、元気にゃあみたいだったで、心配しとったんだわなも。でも、蜜柑を食べられるだけ元気があるみたゃあだで、よかったわ」

食事の間は正直や敦子や千代に気兼ねして普段どおりを心がけていたつもりなのだが、やはり見抜かれていたらしい。

「……俺、どうしていいのかわかんないんだよね」

蜜柑を食べながら言った。

「大学を休んで、ずっとぶらぶらしてるのがよくないのはわかってる。ユトリロを手伝っても叔父さんの店で働いても、それってやっぱり片手間でしかないんだし。でも、じゃあ何をしたらいいのかってのがわからない。ずっとこんな状態でうじうじ悩んでる。いろんなひとにいろんなこと言われて、なるほどなあって思ったりもするんだけど、でもやっぱり決められない。我ながら情けないと思う。俺って何をすればいいんだろうって」

ぎゅっと噛《か》んだ蜜柑の汁が口の端からこぼれそうになって、慌ててティッシュで拭《ふ》いた。こういうところまで情けなく感じてしまう。

「ほうだねえ」

もうひとつの蜜柑を手の間で揉みながら、千代は言った。

「わたしも同《おんな》じこと思うよ。これから何をしたらええのかしゃんってねえ」

「ひいばあちゃんはもう、何もしなくていいんじゃない？　ずっと働いてきたんだし……あ、そうじゃなくて」

言ってから、しまったと思った。曾祖母のことを無用だと言っているように聞こえたかもしれない。そんなつもりじゃなかったと言い訳しかけたが、その前に千代が言った。

「わたしも年寄りだけど、生きとる間は何かしたゃあの。体が動けば店に出てお客さんの相手をしたいけど、ずっと立っとることもできんしね。今は店の仕事も朝に玉子を茹《う》でることしかできんしねえ。そうするとさいが、なあんにもやることないんだわ。このまんまだとボケてまう。あんたも気ぃつけんと」

「あ、うん」

何をどう気を付けたらいいのかわからないまま、龍は頷く。まだボケを心配する年齢ではないのだが。

「人間、一番怖いのは食べるもんがないことだけどね、その次に怖いのは自分が何をしたらええのかわからんようになることだでね。あんたは頭が良すぎて、考えすぎて動けんくなっとるでしょ。そういうときに気ぃつけんと、袋小路に入ってまうでね」

「袋小路なら、もう入り込んじゃってるよ。そんなときは、どうしたらいい？」

「ほうだねえ」

千代は蜜柑を揉む手を止める。考えるように少し上を見上げ、それから言った。

「うちのおじいさん、あんたの曾祖父《ひいじい》さんがユトリロ始めたばっかの頃、いっぺん店が潰れかけたことがあったんだわ。雇っとった若い子が店の金くすねて逃げてまって、資金繰りが回らんようになってね。仕入れもできんし借金も返せんしで、二進《にっち》も三進《さっち》もいかんようになってまったんだわ。せめてコーヒー豆だけでも手に入れんと喫茶店が立ち行かんようになるで、業者のところへ頭を下げて豆を融通《ゆうずう》してくれんか頼みに行ったんだわね。先方はなかなか首を縦に振ってくれんかったらしいけど、おじいさんはそのとき『儲けが出たら倍にして返す』って言って、証文も書いてやっと豆を仕入れてきたんだわ。それからが大変でねえ」

千代は両手の間の蜜柑を見つめ、なぜか楽しそうに言った。

「おじいさん、そのときのコーヒーの売値を半値にしたんだわ。そうでもせんと競争相手の店に勝てんって言ってね。安くなっとるからお客さんは当然のように来てちょうだいたけど、業者には普段の買値の倍の金額で返さなかんで、儲けはほとんどあれせん。商売は繁盛《はんじょう》したけどわたしらは食うや食わずで働かなかんかったわ。今でも覚えとるのは、おじいさん、わたしと敦子には御飯を食べさせて、自分はコーヒーを淹《い》れた後の豆かすを食べとったの」

「あんなもの、食えるの?」

「食えんわね。でも飢《う》えを凌《しの》ぐためにやっとったんだよ。『豆かす食べると満腹にはならんけど食欲が無《の》うなるで』って言うてね。それを見とって本当に不憫《ふびん》でね。わたしも同じ苦労をするからって言ったらね、『おまえは敦子を育てなかんからええ。ちゃんと食え』って言われたの。泣けて泣けてね。金を持ち逃げした若いのを本当に恨《うら》んだわ。でもおじいさんは愚痴《ぐち》も言わずに働いて、半年でやっと借金も返して店を立て直したんだわ」

「すごいひとだったんだね」

「そらもう、たいしたひとだったよ。でも、この話には続きがあってね。それから何年かして、金を持ち逃げした男が店にやってきたの。『あんときは申し訳ありませんでした。親の入院費を肩代わりせなかんで、やってまったんです』って謝りにね。親御さんが亡くなった後、一生懸命働いてお金を貯《た》めて、盗んだ金を返しに来たんだわ。そしたらおじいさん、その男に『親御さんのためにやったのならしかたない。その金はおまえの親孝行のためにやったもんだ。返さんでええ』って受け取らんかったの。そのひとがひどく惨《みじ》めな格好《かっこう》しとったで哀《あわ》れに思ったんだろうね」

「ひいじいちゃん、人格者だったんだね」

「普通は、そう思うわね」

千代は悪戯《いたずら》っぽく言う。

「え？　違うの？」

「その男が返しに来たのは、本当はその前の日だったんだわなも。おじいさん、その男に『明日、店に同じことを言いに来い』って言って一旦帰してねえ。そんで近所の同業のひとたちに明日うちに来てくれって頼んだんだわなも。じつはその頃ね、おじいさんがコーヒーを勝手に安売りしたりしたもんで同業者と揉めとったんだわ。このままだと爪弾《つまはじ》きにされて店をやっとれんようになりそうでね。そんで一度話をしよまいって、営業時間中の店にみんなを呼んだんだわなも。お客さんもおる前でおじいさん、同業のひとたちに一方的に責められてね。でもその最中に、あの男が来たんだわ。そんで親のために金をくすねたことや、そのためにユトリロがえらい苦労させられたことを申し訳のう思っとるって泣きながら謝ったんだわなも。そうたらおじいさんが、さっき言ったみたいに『その金は返さんでええ』って突っ返したんだわ」

「その一部始終を、店のお客さんやひいじいちゃんに怒ってる同業者のひとたちが見たんだね？」

「そうだよ」

「なるほど、ひいじいちゃんの意図《いと》がわかったよ」

龍が言うと、千代はにんまりと笑う。

「そんな愁嘆場《しゅうたんば》を見せられたら、さすがに同業のひとらもよう怒れんようになってまうわね。店のお客さんの中には感極まって泣きだすひともおったよ。これで仲間内のわだかまりも無うなって、その上『ユトリロの店主は人情に厚いええひとだ』って評判が立ってね、店はますます繁盛したんだわなも」

「なんか、本当にしたたかだな、ひいじいちゃん」

龍も思わず笑ってしまった。

「したたかと言うよりも、必死だったんだわなも。金がなくなってどうしようもなくなって、必死に働いたけど仲間から顰蹙買《ひんしゅく》って、ほんとに袋小路におったんだわ。でも、そんなときでも勘考《かんこう》すれば、なんとかやりようはみつかるもんだで」

「勘考」は千代がよく使う言葉だ。「熟慮《じゅくりょ》」の名古屋弁的表現だというのは最近知った。

「龍、あんたもな、ちゃんと勘考せんとかんよ。そうすれば道は見つかるでね」

「そう、だね」

龍は頷きながら、言った。

「ひいじいちゃんのやりかた、見習ってみるよ」

4

――「名古屋めしについて語るなら是非この店の味噌カツを味わって」というメールをいただき、それならと向かったのは名古屋市中区千代田、地下鉄鶴舞駅から徒歩5分くらいのところにある「とん八」さん。なんでもここは、かつて新栄にあったという味噌カツの名店「とんき」の味を引き継ぐお店なのだそう。もちろん俺は「とんき」の味を知らないんだけど、名店の味を託されたお店って、それだけで興味がそそられます。そういえば「名古屋めし再発見」のコーナーで名古屋めしの代名詞とも言える味噌カツのことは紹介してこなかったなあという反省《はんせい》もあり、でかけてみました。

お店自体はそんなに大きくもないんだけど、やはり人気のお店だけあって、お昼前からお客さんの行列ができてました。30分くらい待ってようやく入店が叶《かな》い、早速「味噌とんかつ定食」を注文。

届いた味噌カツを見てちょっとびっくり。これまで俺が食べてきた味噌カツより味噌ダレの量が圧倒的にすごいんです。その上カレーのルーみたいにどろりとしてて、これはなかなかのものだなあと感心しました。

これだけ存在感があったら味噌の味も強すぎるんじゃないかと心配したんだけど、食べてみたらまたびっくり。思ったより味噌ダレの味が軽くて、全然いけちゃう。だからといって味が薄いわけでもなくて、豆味噌ならではの深いコクと強すぎない甘味が、ちょっと今まで経験したことのない味わいでした。

名古屋にやってきて豆味噌の味にも慣れてきて、なんなら他の味噌では若干物足《じゃっかんものた》りなく感じるくらいになってきた俺なんだけど、やっぱり名古屋の味噌の世界は奥が深いなあと、あらためて感じ入ったのでした——。

書き上げてから「奥が深い」という表現について東堂と交《か》わした会話を思い出す。たしかに適当に使われる便利な言い回しかもしれない。だからといって言い換《か》えの言葉も思いつかない。しばらく熟考した後、そのまま「DAGANE!」の倉石に原稿を送信した。またリテイクの要求が来たら、そのときに考えよう。

メール送信を終えて一息をついたとき、アルカイック・サーガ・カフェでは珍《めずら》しいことに、客が大勢入店してきた。といっても五人なのだが。

みんな店で一番安い飲み物である「魔の山の天然水」を注文し、店内のあちこちをスマホで撮影しはじめる。ゲームのファンなのは間違いないようだが、オリジナルメニューには関心がないようだ。

その後にやってきた客も似たりよったりで、飲み物だけ注文して自分の推《お》しキャラのパネルと一緒に写真を撮ったりするばかりだった。

「いよいよ閑古鳥も餓死《がし》する状況だね」

客がみんないなくなった後、鍋谷が半《なか》ば投げやりな口調で言った。

「客も来なさそうだし、そろそろ僕たちもお昼にしようか」

「あ、だったら俺、この前食べた『ワイルドボア味噌カツ』をもう一度食べたいです」

「あれ、原価が高いんだけどな」

「正規の代金払ってもいいです。味噌カツ食べたい気分なんで」

「……わかった。ちょっと待ってて」

あまり気乗りしない様子で、鍋谷は調理に取りかかる。

しばらく待って出てきたのは、龍自身も何度か客にサーブしたことのある料理だった。

味噌ダレはカツ全体にかかっているのではなく、中央あたりに一直線に載《の》せられている。添え物はキャベツの千切りと薄切りのキュウリが二切れ。定食ではないのだが鍋谷は御飯も添えてくれた。

龍はカツを一切れ箸で摘《つ》まみ、口に入れた。ゆっくりと噛み、味を確かめる。なるほど、と思った。業務用味噌ダレをそのまま使っているのは知っていたが、専門店の味噌ダレに比べると味に角があり、まろやかさに欠けているように感じられた。しかし問題なのはそれよりも……。

「……なるほど、よくわかりました」

「何が？」

「看板に偽《いつわ》りありってことが。これ、ワイルドボア、猪の肉じゃないですよね？」

「そんなことないよ。正真正銘のぼたん肉を使ってる。でも猪と豚はよく似てるから、食べ慣れてないと違いはわかりにくいものだけどね」

「たしかに豚肉とぼたん肉は一見似てます。でもまったく同じじゃない。食べ慣れてるわけじゃないけど、俺にはわかります」

「大層な自信だね」

「ええ。じつは昨日、祖父母がやってる喫茶店の常連さんに連れられて新栄の店で猪鍋を食べてきたんです。美味しかったですよ。猪の肉って豚肉に似てるようで似てませんね。色味が赤いし歯応えがあるし味も濃い。初めて食べた俺にも違いはよくわかりました。だからわかるんです。これは猪の肉じゃない。普通の豚肉だって」

「君は自分の味覚に自信があるわけだ」

鍋谷は鼻の頭を掻《か》き、小さく笑った。

「でも僕は間違いなくワイルドボアの肉を使ってるよ。仕入台帳にもそう記してあるし、卸《おろ》し業者の領収書も添付してある。それは君も確認してるんじゃないかな？」

「はい。帳簿は見たからわかってます。鍋谷さんは間違いなく業者からぼたん肉を購入している。でも、それを店に出してるわけじゃない。別に手に入れた普通の豚肉を仕込んで店では使ってる。そして購入したぼたん肉は、どこかに横流ししてる」

「僕が不正を働いていると？　それは心外だな。しかもその根拠が君の舌だけでは――」

「舌は、もうひとつあるけど」

不意の声に鍋谷だけでなく龍も驚いて振り向いた。いつの間にか、そこにふたりの人物が立っていた。

「え？　叔父さん？」

ひとりは龍の叔父、宣隆だった。そしてもうひとりは、先日店にやってきた剣士クラッド推しの女性だ。今日は派手《はで》な装飾《そうしょく》もなく、ビジネスパーソン然としたグレイのスーツに身を包んでいる。

「さすが我が甥《おい》。肉の味で不正を見抜くとはな」

宣隆が言った。そして隣《となり》に立つ女性に、

「言ったでしょ。こいつは使える奴《やつ》だって」

「この前会ったときに確認済み。あんたの血筋とは思えないくらい有能ね」

「恐れ入ります」

宣隆はうやうやしく頭を下げてみせた。

龍は話の流れがわからず当惑していた。

「あの、叔父さん、こちらの方は？」

「ああ、紹介がまだだったな。こちらは我がアルファフロント社の筆頭株主、というか事実上のオーナーであらせられる一橋久枝《いちはしひさえ》様なるぞ。皆の者、頭《ず》が高い」

「茶化《ちゃか》さないで」

一橋と紹介された女性は、ぴしゃりと宣隆を黙らせる。そして鍋谷に向かって言った。

「わたし、ジビエが好物なの。猪肉は特に好き。豚肉と混同することはないつもり。この前いただいた『ワイルドボア味噌カツ』に猪肉が使われてないことは、一口食べてすぐにわかったわ。普通の豚カツの味」

普通――ワイルドボア味噌カツを食べた後で一橋が口にした言葉だ。あれは、そういう意味だったのか。龍はやっと得心した。

「鍋谷さん、どうやらあなた猪肉以外にもいろいろと小細工《こざいく》しているようね。気になるから徹底的《てってい》に調べることにするわ。付き合ってもらえるわよね」

鍋谷は唇《くちびる》を真一文字にして一橋を睨《にら》みつけていたが、ふとその表情を緩めて、

「不正があったら、どうします？　僕をクビにする？　そんなことしたらこの店、立ち行かなくなりますよ。ここは僕ひとりで切り盛りしてるんだ。誰《だれ》も僕のようには仕事できない」

「たしかにそうね。あなたが腕のいい料理人だってことは認める。味噌カツも豚肉が使われているとわかれば、それなりに美味しかったし。でも勘違いしないで。あなただけができるわけじゃない。あなたを紹介してくれた津坂《つさか》さんに今回のことを話したら、ひどく恐縮して、すぐに代わりの者を見つけると約束してくれたわよ。だからあなたをクビにしたって全然困らない。それよりあなたは別に心配するべきことがあるんじゃない？　あなたがやったことはれっきとした業務上横領よ。手が後ろにまわるわね」

鍋谷の笑みが消えた。

「……あんたらが悪いんだ。こんなザルなやりかたで僕に全部任せるんだから。まるで僕に小遣《こづか》い稼《かせ》ぎをやってくれって言ってるようなものだろ。そうだ、これはちょっとした小遣い稼ぎだったんだ。悪気はなかった。あんたたちだってこの店が多少は赤字になったほうが良かったんだろ？　そこに突っ立ってるオーナーが『計画はうまくいきそうかい？』って仲間に訊かれて『万事抜かりなく』って答えてたの、じつはそういうことなんだろ？この店でちょっと赤字を出して税金対策するってのがさ。それ、あんたの差し金だろ？」

鍋谷は一橋を睨んだ。

「この店はあんたの節税のために作られた店だ。利益が出ちゃいけないんだ。だったら僕がやったことだって悪くない。むしろWin-Winじゃないか。誰も損しないんだから。そうだろ？」

「赤字云々《うんぬん》の話はともかく、あなたが不正をしたのは不正ができる環境にあったから、と言いたいのね」

一橋は泰然とした態度で、

「でもそれは認めません。悪いのは不正をした者よ。あなたが悪いの。そして、悪事は正さなければならない。あなたは罰《ばっ》せられるの。わかる？」

「……ああくそ！　わかったよ。好きにしてくれ」

鍋谷は捨て鉢《ばち》に言い放つ。一橋は宣隆に目配せした。彼は咳払《せきばら》いをひとつして、言った。

「鍋谷さん、今日は店を閉めてくれ。明日からもう、来なくていい」

鍋谷は小さく頷き、エプロンを外すと荷物をまとめ、出ていった。

「残念ね」

去っていく鍋谷を見送りながら、一橋が言った。

「腕のいい料理人らしいから、場合によってはわたしの店を一軒任せようかって思ってたの。でも手癖が悪いって噂《うわさ》も聞こえてきたから、試しにこの店で働かせて様子を見てみたら、あっさりと本性を顕《あらわ》したようね」

「じゃあ、最初から鍋谷さんのこと、疑ってたんですか」

龍が尋ねると、

「わたしが仕事のパートナーに求めているのは、自分を正しく律することのできる人間なの。たとえ不正が行える状況にあってもね」

一橋はそう言って、視線を宣隆に向ける。叔父はわずかに顔を強張《こわば》らせた。

龍はそんな宣隆に尋ねた。

「叔父さん、これからどうするの？　新しいシェフが来るとしても、メニューを覚えてもらわないといけないし、すぐにはこれまでどおりにできないよ」

「しないわ」

答えたのは一橋だった。

「今日でこの店は終わり。閉店にする」

「でもさっき、代わりの者を見つけるって」

「津坂さんはそう言ったけど、断ったの。そうまでして続ける意味はない。もう充分にデータは取れたしね」

「データ？」

「このあたりの消費動向その他、新しい店舗を展開するのに必要な情報。それを元に、ここでどんなことをしたらいいのか検討するの」

「そのために、ここで店をやってたんですか」

「それだけじゃないけどね。鍋谷が言ってたのも当たらずといえども遠からずだし。鏡味君が将来の起業のためにわたしを利用しているのもね」

一橋の指摘に、宣隆は小さく肩を竦《すく》めてみせた。

「俺は一橋さんの下で働かせてもらえて光栄に思ってますよ。何より心強い」

「それは金づるとして？」

「経営者としていろいろ経験を積ませてもらえてますから。まあ、資金面でのバックアップも充分に心強いことですが」

「はっきり言うわね」

一橋が薄く微笑《ほほえ》む。宣隆も笑みを返した。

そうか、と龍は思った。この前宣隆が言っていた「太いバック」というのは、どうやら一橋のことらしい。

「じゃあ若いほうの鏡味君、店仕舞いしてちょうだい」

「あ、はい」

一礼したとき、店に客がひとり入ってきた。若い女性だった。淡いピンクのダッフルコートに同系色のキャップを被っている。マスクもピンク色だった。

「すみません、今日はもう――」

龍が言いかけたとき、

「……龍さん、ですか」

女性が名を呼んだ。その声を聞いて、龍は相手が誰だか思い出した。

「雫《しずく》さん？」

「そうです。覚えててくれたんですね」

女性の眼が笑んだ。

「何だ？　知り合いか」

宣隆が訊いてきた。

「以前にユトリロに来たお客さん。あれ、二年前だっけ？」

「はい、コロナが大騒ぎになる直前でした」

「そうそう。ずいぶん昔みたいに感じるけど」

「世の中、変わっちゃいましたから」

女性——南原《なんばら》雫はこくんと頷いた。

「ユトリロの常連さんか」

宣隆が訊くと、

「いや、東京から友達と一緒に名古屋へ遊びに来て、小倉《おぐら》トーストを食べにユトリロに来てくれたんだよ」

龍は叔父に説明する。

「そのときにわたし、うっかり足を挫《くじ》いちゃって、それで龍さんに手当てしてもらったんです」

　雫が補足した。宣隆はしたり顔で頷き、

「なるほど、それで仲良くなったわけか。へえ」

「仲良くだなんて、そんなこと……」

「そうじゃないよ」

　龍と雫が同時に否定する。そして互いに顔を見合わせた。少し笑う。

「それにしても、どうしてここに……あ、雫さんも、もしかして、これを見に来たんですか」

　と、龍は店に飾られているアルカイック・サーガのパネルを指差した。

「いえ、そうじゃなくて……」

　雫はすまなそうに、

「敦子さんから、聞いてませんでした？　また名古屋へ遊びに行きたいって言ってて、それで……」

「ばあちゃんから？　ああそうか。雫さんとばあちゃん、ＬＩＮＥで繋《つな》がってましたね」

「移動も少し自由になってきたから、また名古屋に行きたいなって思って。ちょうど叔母《おば》が仕事で名古屋に行くって言ったから、一緒に来ました」

「そうだったんだ。もうユトリロには行ったんですか」

「はい。叔母も名古屋の喫茶店初体験ですごく喜んでました。小倉トーストが美味しいって。あ、それで敦子さんから、龍さんはこっちにいるから行ってみたらって言われて」

「そういうことだったのか。ばあちゃん、教えてくれればいいのに」

「サプライズにしたかったんだろうよ」

宣隆が口を挟んだ。

「おふくろにしては粋《いき》なことをする」

「何それ？　変な誤解しないでよ」

龍の抗議を叔父は笑って返した。

「若いほうの鏡味君、店の入り口に『closed』の札、掛けといたほうがいいわよ」

一橋が言った。

「これ以上、客が来ないようにしなさい」

「あ、そうでした。すぐ片付けます」

龍は答え、それから雫に向かって、

「ごめん、これから店仕舞いをしなきゃいけないんで」

「あ、そうなんですね。こっちこそ忙しいのにいきなり押しかけてきちゃったりしてすみませんでした。じゃあわたし、これで――」

「ちょっと待って」

一橋が帰ろうとする雫を呼び止めた。

「あなた、手伝ってくれない？」

「え？」

「この店の片付け、鏡味君ひとりじゃ大変なの。あなたが手伝ってくれたら助かるんだけど」

「いや、ちょっと待ってください。無関係のひとにいきなり手伝わせるなんて、そんな——」

「やります」

龍の抗議を遮って雫は即答した。

「手伝わせてください」

「よろしい」

一橋は頷き、持っていたバッグを開いて中から和紙の包みを取り出し、雫に差し出した。

「少ないけど、これは心付《こころづ》け。じゃあ頼むわね」

そう言い置くと、一橋は店を出ていった。

「さあて、俺も仕事に戻るかな」

その後ろ姿を頭を下げて見送った宣隆は、言った。

「今日は商談があるんだ。台湾ミンチだけじゃなくて、いろいろと売り込みたいんでな」

「叔父さんって、商売熱心なんだかいいかげんなんだか、よくわからないな」

甥の皮肉に彼は笑い、

「遊ぶように働き、働くように遊ぶ。人生を楽しむのが俺の流儀だよ。じゃあ、ごゆっくり」

そう言葉を返すと店を出て行きかけた。が、ふと振り返って龍に言った。

「ウィッグ脱ぐの、忘れるなよ」

「あ！」

龍は慌てて頭に手をやり、そしておそるおそる雫を見た。彼女は笑っていた。

5

「お疲れさま」

テーブルにオレンジジュースが注《つ》がれたコップを置く。

「ありがとうございます」

雫は礼を言い、マスクを外してストローをくわえた。

「美味しい。これ、ネーブルオレンジですね」

「すごい。よくわかりましたね」

「オレンジは好きで、いろいろ食べましたから」

「雫さん、オレンジが好きなんだ」

「フルーツならたいていのものが好きです。龍さんはやっぱりコーヒーのほうが好きなんですか」

「好きっていうか、勉強しているところですけどね」

龍はコーヒーを啜《すす》った。

「さっきの、わたしにお店の片づけを手伝うように言ったひとですけど、あのひとがこのお店のオーナーさんなんですか」

雫が尋ねてきた。

「オーナーというか、オーナーを自由に動かせるひと。どうやらすごいお金持ちみたい」

「でしょうね。こんなの持ってたし」

雫は一橋から渡された和紙の包みを取り出す。

「チップとか心付けとかをいつも渡せるようにバッグに常備してるなんて、そういう生活を普段からしているひとなんだと思います」

なるほど、と龍は思った。一橋は文字どおり超富裕層なのだろう。

「いくら入ってるか、見るのが怖いですね」

「でも、確認しておいたほうがいいですよ」

龍が言うと、雫は少し躊躇《ためら》ったが、包みを開いた。一万円札が一枚入っていた。

「後片付けの手伝いだけでこんなに……やっぱり怖い」

「気にしなくていいですよ。無理やり押しつけられた仕事なんだから、これくらい貰《もら》って当然です」

「無理やりだなんて、そんなことは……」

雫はなぜか口籠《くちご》もった。

そしてふたりは黙り込む。龍は話の接《つ》ぎ穂《ほ》を見失い、何を言ったらいいのかわからなくなっていた。

「あの……」

雫のほうから話しかけてくる。

「コーヒーの勉強って、どんなのなんですか」

「そんなに本格的にやってるわけじゃないんですよ。喫茶店のマスターにいろんな豆の味比べをさせてもらって、自分なりのブレンドをしてみたりするくらいで」

「自分で豆をブレンドするんですか。すごいですね。やっぱり味ってブレンドで変わったりするんですか」

「結構変わりますね。そもそもコーヒー豆って産地でも味が違うし、同じ産地でも農場ごとに違いも出るし、豆の乾燥方法でも味が変わってくるんです。面倒です」

「面倒？」

「あ、いや、いろいろと覚えないといけないことが多いから。やっぱり奥が深いって言ったほうがいいかな。でも俺にコーヒーを教えてくれてる先生が、そういう言いかたをするんです。コーヒーは面倒だって」

「面倒かあ。面倒だけど、好きなんでしょうね」

「好きだから、面倒でも付き合っていけるんだと思います」

「龍さんも、そうなんですか」

「俺は……どうかな。このままコーヒーと付き合っていけるかどうか、まだわからない。わからないままです」

　また言ってる。わからない。わからない。龍は自己嫌悪《けんお》に陥《おちい》りそうになる。

「わたしも、わからないままです」

　雫が、ぽつりと言った。

「わからなくて、立ち止まってます」

「雫さんはたしか、大学は社会福祉学科でしたよね？」

「ええ。なんとか卒業しました。社会福祉士になるにはその後社会福祉士養成施設というところで修学しなければならないんですけど……でもわたし、行きませんでした。社会福祉士になることを諦《あきら》めたんです」

「……どうして、って訊いてもいいですか」

おずおずと尋ねる。雫は頷き、

「そんなに難しい話じゃなくて、簡単に言うと、ついていけなくなったんです」

「前に話をしたときには、大学の勉強が想像より専門的で大変だと言ってましたね」

「そう。大変でした。コロナのせいでカリキュラムがめちゃくちゃになっちゃったし。でも勉強の面だけじゃなくて、社会福祉士になろうとするひとたちの熱意にわたし、ついていけなくなっちゃったんです。みんな本当にあの仕事をしたいと思ってて、そのために頑張ってて。わたしみたいに中途半端《はんぱ》な気持ちでは太刀《たち》打《う》ちできないくらい。それを目《ま》の当たりにして、もう駄目だって思っちゃったんですよね。自分にはこの道を進む力はないんだって。今回一緒に名古屋に来た叔母に相談したら、『福祉を学んだからって福祉の仕事をしなきゃならないわけじゃないよ。他の仕事をしたって全然大丈夫』って言われて、それで気持ちを決めました」

「社会福祉士になることを諦めたこと、ご両親にはなんて話したんですか」

龍が尋ねると、雫の表情が曇《くも》った。

「あ、ごめんなさい。変なこと訊いちゃって。忘れてください」

「いいんです。ただ、今はそのことで悩んでるから」

「もしかして、まだ話してない？」

「いいえ、ちゃんと話しました。母は理解してくれました。でも父は……」

「許してくれなかった？」

「わかったって言ってはくれました。でも明らかに失望してました。わたしが夢を諦めたことが辛《つら》かったみたいです。それが態度でわかりました。父を失望させてしまったことが苦しくて、辛いです」

雫は俯《うつむ》いた。泣きだすのではないかと龍は身構える。彼女は泣かなかった。

「どうして人間って、夢を持っちゃうんでしょうね。あんなもの持たなければ、叶《かな》わないからって苦しむこともないのに」

その代わりにこぼした言葉が、涙で湿っているように龍には聞こえた。

コーヒーを一口啜って間を取り、言うべき言葉を探した。気の利《き》いたことは言えない。でも何か言わなければならない。龍は口を開いた。

「俺も、同じです。夢を持って名古屋に来たのに、その夢を自分で捨ててしまった。いや、そうじゃない。捨て切ってしまうこともできなくて、中途半端なままで生きている。夢を持つことも捨てることも怖いんです。このまま医者になる自分を想像もできない。でも大学をやめてしまったら大学中退の能無しってみんなに思われてしまうかもしれない。どっちもいやだ。だから決められない。本当に最低です。ちゃんと決められた雫さんは本当にすごいです。立派《りっぱ》だと思います」

「そんなこと、ないです。わたしなんて――」

言いかける雫に、龍は首を振った。

「そんなこと、ありますって」

「でもわたし、この先何をしたらいいか全然わからない」

「それも俺と同じです。でも、そのうち見つかるかもしれない。俺ね、じいちゃんとばあちゃんがやってる喫茶ユトリロが大好きなんです。あそこでお客さんと話してると楽しいし、落ち着く。コーヒーのことももっと知りたい。もしかしたら、そういうことが自分に合っているのかもしれない。そんな気がしてます。もちろん途中でやっぱり駄目だってことになるかもしれない。でも、なんとなくだけど、そうならないかもしれないって気もするんです。喫茶店って、楽しい」

「喫茶店……わたしも好きです。初めて名古屋に来てユトリロさんにお邪魔して名古屋の喫茶店を初めて体験して、ああこんな場所もあるんだなって新鮮に思いました。コーヒーショップとかカフェとかとも違う、喫茶店独特の雰囲気《ふんいき》っていうのか、そういうのが心地よかったんです」

「そう言ってくれると、とても嬉《うれ》しいです。別に俺がユトリロを経営してるわけじゃないけど」

龍は笑った。雫も微笑む。その微笑みを見て、龍は心が安らぐのを感じた。

「俺、決めました。いつまでも豚を猪と誤魔化したままにしているわけにいかない」

「イノシシ？」

「あ、いや、つまり中途半端な気持ちにケリを付けるってことです。ありがとうございます」

「わたし、何もしてませんけど？」

「してくれました。今日ここに来てくれて本当によかった。感謝します」

「……なんだかよくわからないけど、そう思ってもらえたなら、よかったです」

雫は当惑気味に、でも笑みは絶《た》やさない。

「わたしも、なんだか心が晴れたような気がします。龍さんに会えてよかったです」

ふたりで使ったカップとコップを洗い終えると、店を出て鍵を閉めた。

「名古屋にはいつまでいるんですか」

「明日帰ります。今夜は叔母と一緒に、あつた蓬莱軒《ほうらいけん》でひつまぶしを食べるんです。それで明日は、東京に帰る前に叔母とまたユトリロさんに行ってモーニングをいただくことにしてます。お店には龍さん、いますか」

「ここの仕事がなくなったから、顔を出せますよ」

「だったら、明日も会えますね」

そう言ってから、雫は少し照れたような顔になる。それを誤魔化すようにスマホを取り出すと、

「あの、ＬＩＮＥ交換してもらってもいいですか」

「あ、はい。いいですよ」

龍もスマホを出す。

「ばあちゃんとは、ときどき話してます。龍さんのことも、いろいろ聞いていました」

「はい、ときどき話してます。龍さんのことも、いろいろ聞いていました」

「どんな？」

「それは秘密です」

雫はまた微笑んだ。

6

龍がユトリロに戻ってきたのは、午後一時過ぎだった。

「ああ、やっと帰ってきたがね」

美和子が手を挙《あ》げた。

「ほれ、お父さんが来とるに」

彼女の隣に、ひとりの男性が席に腰掛けていた。

正直と敦子の長男、そして龍の父である昭光だった。

「昼飯、食ったか」

昭光は唐突に尋ねてきた。

「あ？　えっと、食べ損《そこ》ねた、けど」

結局ワイルドボア味噌カツは一口食べただけだった。

「じゃあ、一緒に来い」

昭光は立ち上がり、コートを手に取ると店を出て行こうとする。

「ちょ、ちょっと、どこ行くの？」

尋ねた息子に、父は言った。

「矢場《やば》とんの味噌カツが食いたい」

そのまま、すたすたと歩きだす。どうしていいのかわからず、龍は後をついていった。

え？　また味噌カツ？

昭光は五歩ほど先を歩いていた。コートに見覚えがある。龍が幼かった頃、もう二十年近く前から着ているものだ。父は着るものに無頓着《むとんちゃく》で、下着や靴下だけでなく上着も妻――龍の母親に買わせていた。たぶんあのコートもそうだろう。今でもそうしているのだろうか。再婚したひとは、父の服を買っているのだろうか。

息子がそんなことを考えているとは思っていないだろう昭光は、エスカ地下街に通じる階段を降りていった。地下街マップで位置を確認し、またすたすたと歩きだす。が、矢場とんの前に行列ができているのを見て立ち止まった。

「昼時に矢場とんで食べようっていうんなら、これくらいの行列は覚悟しないと」

「平日でもか。昔はこんなに混んでなかったぞ」

「父さんが名古屋にいた頃より人気があるんだよ。全国から客が来るんだ。どうする？　諦める？」

「いや、今日は矢場とんで味噌カツを食う」

昭光は行列の最後尾に並んだ。しかたなく龍も従う。

待っていると店のひとがメニュー表を配った。先に注文を取るシステムになっているのだ。

「決めろ」

昭光にメニュー表を渡された。

「もう決めてある」

メニュー表を父に返す。昭光は難しい本でも読むかのような表情でメニューを見ていた。その横顔を見て、少し老《ふ》けたな、と龍は思った。もみあげに白髪《しらが》が出てきている。顔も以前よりほっそりとしてきたようだ。ほんの数年会わなかっただけなのに、ずいぶんと変化がある。

店員がまたやってきて注文を訊いてきた。龍は言う。

「わらじとんかつ定食。半々で」

「俺は、極上リブとんかつ定食」

昭光も注文を告げた。そして、

「それと、生をグラスでふたつ」

と追加する。

行列には四十分ほど並ばされた。手を消毒して体温を測り、向かい合わせの席に通された。

父親と真正面から向き合い、龍は落ち着かない気分になった。昭光も無言だ。しばし息苦しい時間が流れる。

その沈黙を破ったのは、店員が持ってきた生ビールだった。龍の前にも置かれる。

「飲むって言ってないのに」

「飲まないのか」

「飲むよ」

グラスを手に取った。グラスを合わせるべきかどうか迷う。しかしそれより先に昭光が龍のグラスにかちり、と自分のグラスを当てた。そして無言のまま飲みはじめる。龍も冷たいビールを喉《のど》に流し込んだ。冷たい苦みが喉を潤《うるお》す感覚を最近やっと楽しめるようになってきた。

「初めてだな」

「何が」

「おまえと酒を飲むのは」

ああ、そうか。

「もしかして、息子と酒を酌《く》み交わすのが夢だったりした？」

「夢ではない。だが、いつかそんな日が来るかもしれないとは思っていた」

程なく注文した味噌カツがやってくる。龍が頼んだわらじとんかつは通常の倍の大きさがあり、横に二等分して片方に味噌ダレ、もう片方にソースが掛けられている。これが「半々」で、味噌ダレだけを掛けてもらうこともできるようになっていた。昭光が頼んだ極上リブとんかつは厚みが通常の倍近くあった。

「いただきます」

手を合わせて昭光が味噌カツを食べはじめる。龍も味噌ダレの掛かったところから口に入れた。矢場とんの味噌ダレは味噌汁のように粘度が低く、しかしテーブルに運ばれてからとんかつに掛けられるので衣のさくさく感が失われていない。噛みしめると味噌の風味と豚肉の旨味《うまみ》が染みてくる。思わず頬が綻《ほころ》んだ。

ふと、このわらじかつをぼたん肉で作ったら、どんな味になるだろうかと思った。だがすぐにその考えは否定した。それなりに美味いものになるのは間違いないが、しかしそれは矢場とんのカツではなくなるだろう。豚肉で作ったワイルドボア味噌カツが別物であったように。そこを変えてはいけないのだ。

「変わらないな」

昭光が言う。

「え？」

「おまえの食べっぷりだ。相変わらず子供みたいだ」

「いいじゃんか。美味いもの食べると、こうなるんだから」

御飯を掻き込み、また味噌カツを頬張り、ビールを飲む。昼間からアルコールを飲むのは初めての体験だったが、これは至福かもしれないと龍は思った。目の前に父親さえいなければ、もっとリラックスできるのに。

その昭光は黙々と食事を続けていた。龍と違って食事中も表情は変わらない。美味いと思っているのかどうかもわからなかった。

ふたりほぼ同時に食事を終えた。昭光は口元を拭き、マスクを戻して立ち上がろうとした。

「あ、待って」

龍が呼び止める。

「行列に並んで待っている客がいる。食ったらさっさと出るべきだ」

「その前に、一言だけ」

龍は一呼吸置いて、言った。

「俺、大学をやめる」

昭光は何も言わなかった。龍は続けた。

「わがままなのはわかってる。休学したときは大学に戻るつもりでいたんだ。でも、最近やっとわかった。俺は医者にはなれない。だからって何になるかわからないけど、でも、他の何かになるために、大学をやめたい。金とかいろいろ迷惑かけちゃって、なんていうか、本当に悪かったと思うけど、でも、そうしたいんだ」

「そうか」

昭光は一言、そう返すと立ち上がった。

料金を払い、地下街を歩きだした父親に、龍はついていく。

「たしかにおまえはわがままだ」

歩きながら昭光は言った。

「だが、そのわがままを自分で引き受けられるなら、好きにすればいい。それがおまえの望むことならな」

「父さん……」

「もし名古屋にいられなくなったら、東京に帰ってこい。一緒に住めとは言わん。父親と一緒に酒を飲める場所にいろ。もし名古屋にずっといると言うのなら、それでもたまには帰ってきて父親と酒を飲め」

「そんなに、俺と酒を飲みたかったの？」

「さっきのビールは、美味かった」

振り返った父親の眼が、少し笑っていた。

「……わかった。また名古屋に来たときは、今度は手羽先唐揚げで一緒に飲もう」

「それもいいな」

龍は昭光に追いつく。並んで歩いた。

「ああそうだ。もうひとつ条件を付けたい」

「なに？」

尋ねた龍に、昭光は言った。

「一度くらいは自分で稼いだ金でナゴヤドームに行ってドラゴンズの試合を観ろ」

「野球？」

「唯一の心残りは、おまえをドラゴンズファンにできなかったことだ。龍という名前にして毎日テレビで野球を見せたのに」

「しかたないよ。その気になれなかったんだから」

「だから自分の金で野球を観に行け。きっと気持ちが変わる」

「そうかな？」

「立浪《たつなみ》が監督《かんとく》になったんだぞ」

昭光の声が強くなった。

「応援しないでどうする？」

「ああ、わかった。行くから」

降参のつもりで両手を挙げてみせる。

「よし」

昭光は頷き、歩みを早めた。

「ちょ、待ってよ」

龍は父の背中を追いかけた。

本書はハルキ文庫の書き下ろし作品です。

Haruki Bunko
ハルキ文庫

お 4-6

名古屋《なごや》駅西《えきにし》 喫茶《きっさ》ユトリロ 龍《とおる》くんは引《ひ》っ張《ば》りだこ

著者 太田忠司《おおたただし》

2023年4月18日第一刷発行

発行者 角川春樹

発行所 株式会社角川春樹事務所
〒102-0074 東京都千代田区九段南2-1-30 イタリア文化会館

電話 03(3263)5247(編集)
03(3263)5881(営業)

印刷・製本 中央精版印刷株式会社

フォーマット・デザイン 芦澤泰偉
表紙イラストレーション 門坂 流

ISBN978-4-7584-4554-2 C0193 ©2023 Ohta Tadashi Printed in Japan
http://www.kadokawaharuki.co.jp/[営業]
fanmail@kadokawaharuki.co.jp[編集]　ご意見・ご感想をお寄せください。

名古屋駅西 喫茶ユトリロ

太田忠司

東京生まれの鏡味龍《とおる》は名古屋大医学部に今春から通う大学生。喫茶店を営む祖父母宅に下宿した龍は、手羽先唐揚げ、寿がきやラーメン、味噌おでん……などなど、様々な名古屋めしと出逢う。名古屋めしの魅力が満載の連作ミステリー。書き下ろし！ 2017年、日本ど真ん中書店大賞小説部門三位を獲得した、人気の名古屋小説第一弾！

ハルキ文庫